Bisher erschienen:

Band 1: Golden Horses – Ein Seelenpferd für immer
Band 2: Golden Horses – Gemeinsam dem Horizont entgegen

FSC
www.fsc.org
MIX
Papier | Fördert gute Waldnutzung
FSC® C014496

Klimaneutral
Druckprodukt
ClimatePartner.com/18521-2202-1001

ISBN 978-3-7432-1555-9
1. Auflage 2023

Aus dem Englischen übersetzt von Ulrike Köbele
Bilder für Innengestaltung: Freepik – Freepik.com
Umschlaggestaltung: Ramona Karl
unter Verwendung von Bildern von © Jelena Yukka/Shutterstock.com;
© Nature Peaceful/Shutterstock.com; © Jag_cz/Shutterstock.com; © Phatthanit/Shutterstock.com;
© ImHope/Shutterstock.com; © starline/Freepik.com
Printed in the EU

www.loewe-verlag.de

Lauren Brooke

Golden Horses

Gemeinsam dem Horizont entgegen

Übersetzt aus dem Englischen von Ulrike Köbele

Band 2

Loewe

Mit besonderem Dank an Catherine Hapka

Danke auch an Dean Dibble,
Trainer und Experte für therapeutisches Reiten

1

»Da sind sie!« Belle Beaumont zeigte aus dem Fenster des Trucks und ließ den Blick über die Pferde am anderen Ende der Weide schweifen. Sie hatten schon eine Weile nach der Herde gesucht und all deren gewohnte Lieblingsplätze auf der rund vierhundert Hektar großen Ranch abgefahren.

Belles zehn Jahre alte Schwester Elodie lehnte sich an ihr vorbei, um besser sehen zu können. »Sie wirken ziemlich unruhig«, bemerkte sie. »Liegt bestimmt am Sturm.«

Kaum hatte ihr Dad den Wagen zum Stehen gebracht, sprang Belle hinaus und eilte zum Zaun. Das raue, felsige Terrain reichte bis zu einer niedrigen Hügelkette und die Pferde liefen nervös am Fuß des steilsten Hangs auf und ab. In der Herde waren Stuten und Wallache aller Altersgruppen, Größen und Farben, doch Belle kannte jedes Pferd beim Namen, war mit ihrem Temperament und ihrer Vergangenheit vertraut. Sie war auf der Golden Horse Ranch aufgewachsen und diese Tiere gehörten für sie genauso sehr zur Familie wie ihre Eltern und ihre beiden jüngeren Schwestern.

Belles blondes Haar flatterte im Wind, als ihr erste Regentropfen ins Gesicht peitschten. Ein Sommergewitter zog auf – Überreste eines Tropensturms, wie es in den Lokalnachrichten aus San Luis Obispo hieß. An diesem Abschnitt der kalifornischen Küste regnete es von April bis September so gut wie nie, aber den finsteren Wolken nach zu urteilen, die über dem Pazifik heraufzogen, würden sie diesmal ordentlich etwas abbekommen.

Die Pferde konnten den Wetterumschwung spüren. Sie warfen wiehernd die Köpfe zurück, schüttelten ihre Mähnen und liefen rastlos auf und ab. Die Tiere drängten sich dicht zusammen und stießen dabei immer wieder aneinander. Ab und zu ging ein Ruck durch die Herde, und die Pferde verfielen für einige Meter in hektischen Trab oder Galopp, bevor die Anspannung wieder etwas nachließ.

Belle hielt sich am Holzzaun fest, während ihre blaugrünen Augen die Weide nach einer bestimmten Fuchsstute absuchten. Ihre andere Schwester Grace, die zwölf Jahre alt war, stellte sich neben sie. »Fiesta ist irgendwo dort draußen«, sagte Belle. Ihr Herz setzte einen Schlag aus, als eine große Dunkelfuchsstute namens Java strauchelte und beinahe zu Fall kam. »Wenn sie sich verletzt, kann ich das Future Champions Camp vergessen …«

Das Reitercamp zog die besten Nachwuchs-Turnierreiter der gesamten Westküste an. Dies war das erste Jahr, in dem sich Belle um eine Teilnahme bewerben konnte, und ihr Sieg bei den Regionalmeisterschaften bedeutete, dass sie gute Chancen auf einen der heiß begehrten Plätze hatte.

Ihre Eltern hatten ihre Bemerkung gehört. »Da draußen sind Fiesta und der Rest der Herde sicherer als irgendwo sonst«, rief Ben Beaumont seiner ältesten Tochter ins Gedächtnis. »Pferde sind dafür gemacht, draußen zu sein. Das ist von der Natur so vorgesehen.«

»Dein Vater hat recht, Liebes.« Kate Beaumonts britischer Akzent bildete einen scharfen Kontrast zu dem amerikanischen Englisch ihres Mannes. »Fiesta kommt schon klar.« Sie legte einen Arm um Grace, während eine Windbö den nächsten kurzen Schauer in ihre Richtung wehte.

»Hast du dein Handy dabei?« Elodie pikste Belle in den Arm. »Ich möchte die Wolken fotografieren. Die sehen so cool aus!«

Belle fand die dicken eisengrauen Wolken eher beängstigend als cool, doch sie fischte ihr Handy aus der Tasche, entsperrte es und reichte es ihrer Schwester. Elodie schoss mehrere Fotos von der Gewitterfront, die noch schneller vorwärtsdrängte als die aufgebrachte Herde. Im Nu waren auch die letzten Reste des kobaltblauen Abendhimmels hinter einem grauen Schleier verschwunden und die Luft wurde merklich kühler. Der zunehmende Regen ließ das Fell der Pferde dunkler und glänzend erscheinen und drückte ihre sonst so buschigen Mähnen platt.

Wieder ging eine Woge durch die Herde und diesmal entdeckte Belle endlich ihre Stute. Fiesta war ein ausgezeichnetes Turnierpferd – erst vor Kurzem hatten Belle und sie die blaue Schleife bei den Regionalmeisterschaften gewonnen. Doch sie fügte sich nahtlos in die Reihen der zwei Dutzend wetterfesten Pferde und Ponys ein, die auf der Golden Horse Ranch zu Hause waren. Die Tiere erfüllten die unterschiedlichsten Zwecke, ob als wendige Helfer beim Zusammentreiben der Rinderherden, als geländegängiger Ersatz für die Fahrzeuge, um auch die entlegeneren Ecken der Ranch zu erreichen, oder als Therapiepferde. Während Belle ihnen zusah, schnappte eine Stute namens Diva nach Fiesta, woraufhin diese herumwirbelte und nach hinten austrat, bevor sie ans andere Ende der Herde galoppierte.

»Seid ihr sicher, dass wir sie nicht lieber reinholen sollten?«, fragte Belle, obwohl sie die Antwort längst kannte.

»Absolut sicher.« Ihr Vater drückte ihr beruhigend die Schulter. »Hier gibt es keine hohen Bäume, die auf sie stürzen könnten, und zur Not können sie sich drüben im Canyon unterstellen.« Er zeigte auf die tiefe Spalte, die die Hügelkette durchzog. Die Felswände würden den Wind und den Großteil des Regens abhalten und es gab genügend Gras und Blätter, damit die Pferde die Nacht über Nahrung fanden. Es war nicht kalt, und Belle wusste, dass das Fell der Tiere schnell trocknen würde, sobald der Regen aufhörte. Trotzdem war es kein schönes Gefühl, sie hier zurückzulassen, während sie und ihre Familie in ihr gemütliches Haus zurückkehrten.

Plötzlich zuckte ein Blitz über den Himmel, gefolgt von einem unheilvollen Donnerschlag. Elodie schrie erschrocken auf, warf Belle das Handy zu und verkroch sich im Inneren des Pick-up-Trucks.

Die Kamera-App war noch offen und Belle beschloss, schnell ein paar Fotos von den Pferden zu machen. Ein weiterer Blitz durchschnitt das drückende Grau des Himmels und Fiesta bäumte sich am Rand der Herde auf. Belle gelang es gerade noch, ein Foto zu schießen, bevor die Herde kehrtmachte und den Hügel hinaufgaloppierte, um im Canyon Zuflucht zu suchen.

»Wir sollten gehen.« Kate Beaumont hielt ihr dichtes rotes Haar mit beiden Händen zurück, damit der Wind es ihr nicht ins Gesicht wehte. »Die Pferde sind hier draußen vielleicht am sichersten, aber wir definitiv nicht!«

Wenig später saßen alle wieder im Truck. Ben legte den Gang ein und schaltete die Scheibenwischer an, während der

Himmel sämtliche Schleusen öffnete. Zum Glück hatte die Familie bereits nach den Rindern gesehen, die auf einer der anderen Weiden standen, sodass sie sich nun auf direktem Weg nach Hause begeben konnten. Sie folgten den Feldwegen, die das Gelände kreuz und quer durchzogen. Als sie die flachere Gegend nahe der Küste erreichten, regnete es so stark, dass Belle nur mit Mühe die Umrisse der Gebäude vor ihnen ausmachen konnte. Ihr Vater parkte so dicht wie möglich an der Veranda des weitläufigen einstöckigen Wohnhauses, konnte damit jedoch nicht verhindern, dass alle auf dem kurzen Stück bis zur Tür völlig durchnässt wurden.

»Ach herrje, ihr seht ja aus wie ein ganzes Rudel begossener Pudel!«, begrüßte sie Della Marcus, die lebhafte deutsche Haushälterin der Beaumonts. Sie stand hinter dem Küchentresen und stellte gerade ein paar frisch gebackene Muffins auf einen Teller. »Nur gut, dass ich eben eine frische Kanne Tee gekocht habe.«

»Danke, Della.« Kate lief durch das große offene Wohnzimmer zur Garderobe an der Hintertür und streifte ihren Regenmantel ab.

Elodie folgte ihr und hinterließ dabei eine Spur aus kleinen Pfützen auf dem Fliesenboden. »Kann ich auch einen heißen Kakao haben?«

»Na klar, Schätzchen«, sagte Della. Sie bückte sich und holte einen Topf aus dem Schrank. »Du auch, Grace?«

Grace nickte. Die mittlere der drei Schwestern hatte mit einer sozialen Angststörung und anderen Ängsten zu kämpfen, durch die es ihr schwerfiel, mit anderen zu reden, selbst mit Menschen, die ihr nahestanden. Ihre Familie und Freunde waren darauf eingestellt und versuchten, Grace die Möglichkeit zu geben, so zu kommunizieren, wie sie sich wohlfühlte.

Della hob gerade rechtzeitig den Kopf, um Grace nicken zu sehen, und schenkte ihr ein warmes Lächeln. »Kommt sofort«, verkündete sie, während sie zum Kühlschrank ging, um Milch zu holen. »Ich mach auch einen für dich, Belle«, fügte sie hinzu.

»Super, danke. Bin gleich wieder da«, antwortete Belle. Die klitschnasse Jeans klebte an ihren Beinen und sie wollte sich dringend etwas Trockenes anziehen.

Sie eilte in den Flur hinaus und von dort weiter in ihr Zimmer. Als sie sich aus der Jeans schälte, fiel ihr das Handy aus der Tasche. Belle hob es auf und vergewisserte sich, dass es weder durch den Sturz noch durch den Regenguss etwas abbekommen hatte. Sie konnte nicht widerstehen, einen kurzen Blick auf die Fotos zu werfen, die sie geschossen hatte. Am besten gefiel ihr das, auf dem Fiesta sich gerade aufbäumte. Vor dem dramatischen Hintergrund sah die Stute stark und wunderschön aus und der über den Himmel zuckende Blitz ließ ihr Fell rötlich golden leuchten.

Sie postete es schnell auf Instagram und schrieb dazu: *Fiesta im Sturm.* Während sie in Shorts und ein T-Shirt schlüpfte, gab ihr Handy ein leises *Ping* von sich. Bestimmt hatte ihre beste Freundin Nicole Marshall ihr Foto kommentiert.

Zu ihrer Überraschung stammte der Kommentar jedoch nicht von Nicole, sondern von Patrick Lewers, den sie von ihren zahlreichen Turnierteilnahmen kannte. Bei den Regionalmeisterschaften hatten Patrick und seine talentierte Stute Darcy hinter Belle und Fiesta den zweiten Platz belegt. Belle kannte ihn nicht besonders gut, respektierte ihn aber für seine reiterischen Fähigkeiten. Er hatte das Foto gelikt und geschrieben: *Wow! Ein richtiges Wildpferd!*

Belle lächelte. Obwohl sich Fiestas Abstammungslinie über mehr als sechs Generationen Appendix Quarter Horses, die speziell für den Reitsport gezüchtet worden waren, zurückverfolgen ließ, musste Belle zugeben, dass sie auf dem Foto tatsächlich ein bisschen wie die wilden Mustangs aussah, die noch durch den Westen der USA streiften.

»So wild wie ihre Besitzerin, meinst du?«, erwiderte sie und fügte ein lächelndes Emoji hinzu.

Patricks Antwort kam sofort: *»Das hast jetzt du gesagt! Aber im Ernst, sieht ziemlich heftig aus da draußen. Passt auf euch auf!«*

Belle war überrascht. Machte Patrick sich etwa Sorgen um sie, oder war das bloß eine höfliche Floskel?

Wahrscheinlich Letzteres, dachte sie. *Wir kennen einander ja kaum ...*

Bevor sie sich überlegen konnte, ob und wie sie darauf reagieren sollte, waren im Wohnzimmer laute Stimmen zu hören. Im nächsten Moment hämmerte Elodie an Belles Tür.

»Mom hat gerade einen Anruf von der Cortez-Ranch gekriegt!«, rief sie. »Dort ist die Scheune eingestürzt!«

»Was?«, entfuhr es Belle. Sämtliche Gedanken an Patrick waren mit einem Schlag verflogen. Den Cortez gehörte die Buena Vista Ranch, ein mehrere Hundert Hektar großes Areal mit sanften Hügeln und Tälern, auf dem sich Olivenhaine und weitläufige Weiden aneinanderreihten. Neben einer Herde California-Red-Schafe waren dort auch einige Pferde zu Hause. Buena Vista und Golden Horse waren direkte Nachbarn, was in den Maßstäben von San Luis Obispo County bedeutete, dass sie etwa fünfzehn Kilometer voneinander entfernt lagen. Paulo Cortez und Ben Beaumont kannten sich seit der Highschool, aber ihre Familien lebten schon weitaus länger auf der jeweiligen Ranch.

Als Belle aus ihrem Zimmer geflitzt kam, sah sie, wie ihre Eltern wieder in ihre Regensachen schlüpften. »Fahren wir helfen?«, fragte sie und schnappte sich ihre Stiefel, die auf der Fußmatte neben der Tür standen.

»Euer Dad und ich, ja.« Belles Mutter warf Ben einen Blick zu, der mit finsterer Miene am Telefon hing. »Ihr bleibt hier bei Della. Ruft Jodie an und sagt ihr, sie soll für alle Fälle ein paar Boxen bereit machen …«

Sie sprach nicht weiter, doch Belle wusste auch so, was sie dachte. Die Cortez besaßen rund ein halbes Dutzend Pferde, die sie nutzten, um das Land zu bewirtschaften und Besucher auf Touren durch die malerischen Olivenhaine zu führen. Die Boxen befanden sich in der alten Holzscheune und da die Weiden dort nicht den gleichen natürlichen Schutz boten wie die der Golden Horse Ranch, waren die Pferde während des Sturms vermutlich drinnen geblieben. Belle schloss einen Moment die Augen und versuchte, sich nicht das Allerschlimmste auszumalen.

»Ich komme mit«, verkündete sie und griff nach ihrem Regenmantel.

»Ich auch!«, rief Elodie.

Ihre Mutter zögerte und wechselte einen Blick mit ihrem Mann, der soeben das Telefonat beendete. Ben nahm seinen Hut vom Haken neben der Tür und setzte ihn auf. »Wir werden jede Hand gebrauchen können«, meinte er.

Della klopfte Grace auf die Schulter. »Wie wär's, wenn du bei mir bleibst?«, schlug sie vor. »Wir können Jodie helfen, die Boxen fertig zu machen.«

Grace nickte. Ihr herzförmiges Gesicht war kreidebleich. Insgeheim war Belle erleichtert. Ihre jüngere Schwester konnte mit Stress nicht immer gut umgehen und durch die

Dunkelheit und den Sturm wurde es nicht gerade leichter, draußen mit ihr zu kommunizieren. Belle wusste, dass Della, die schon länger zur Familie gehörte, als Elodie überhaupt auf der Welt war, sich gut um Grace kümmern und ihr das Gefühl geben würde, zu Hause genauso nützlich zu sein.

»Dann mal los, Leute!«, drängte Belle und marschierte zur Tür.

2

Wenig später hatten sie den Hänger angekoppelt und Ben trat aufs Gas. Diesmal nahmen sie keine Feldwege, sondern fuhren auf kürzestem Weg durch das schmiedeeiserne Tor am Eingang der Ranch und von dort auf die Landstraße. Belle saß mit Elodie auf dem Rücksitz, doch beide lehnten sich so weit vor, wie sie konnten, und blickten unruhig in den Regen hinaus, der sie wie ein Vorhang umhüllte.

»Vorsicht!«, rief Belle, als der Truck durch ein Schlagloch holperte und eine gewaltige Wasserfontäne unter ihnen aufspritzte.

»Entschuldigt«, brummte ihr Vater, der mit beiden Händen das Lenkrad umklammerte. Sie konnte an seinen Schultern sehen, wie angespannt er war. »Der Wind hat jede Menge Zeug auf die Straße geweht.«

Schließlich erfassten die Scheinwerfer das Schild der Buena Vista Ranch, das durch den strömenden Regen nur schwer zu entziffern war. Behutsam steuerte Ben den Wagen die kurvige Auffahrt hinauf. Normalerweise endete die schmale Straße in einem aufgeräumten quadratischen Hof vor einer traditionellen Holzscheune. Der Ort hatte einen altmodischen Charme, als könnten jeden Moment Cowboys aus einem Fünfzigerjahre-Western auftauchen.

Der Anblick, der sich ihnen nun im regenverschleierten Scheinwerferlicht bot, war ein ganz anderer.

»O mein Gott ...«, flüsterte Belle erschüttert. Der Hof war voller Trümmer, darunter auch eine lebensgefährlich aussehende Drahtrolle. Und die Scheune ... Die Scheune war kaum wiederzuerkennen. Mehr als die Hälfte des Gebäudes war eingestürzt und der Rest hielt sich gerade noch aufrecht. Jeder Windstoß brachte die Wände bedrohlich zum Schwanken.

Kaum hatte ihr Vater den Wagen zum Stehen gebracht, sprang Belle hinaus und rannte auf die Scheune zu. Elodie war ihr dicht auf den Fersen. »Wartet!«, rief ihre Mutter und eilte ihnen nach.

In dem Moment erschien Paulo Cortez mit einer kräftigen Pinto-Stute im halb eingestürzten Tor der Scheune. Sobald die Stute die offene Fläche erblickte, riss sie sich los und galoppierte in den prasselnden Regen hinaus.

»Ich hol sie!« Kate Beaumont machte auf dem Absatz kehrt und sprintete hinter der Stute her.

Wie aus dem Nichts kam Paulos Frau Anita angejoggt. »Die anderen beiden sind im Paddock beim Haus«, rief sie Kate zu, die im Vorbeilaufen beide Daumen hob. »Wenn du sie einfängst, kannst du sie dorthin bringen!«

»Wie viele sind noch dadrin?«, brüllte Ben, um gegen das Tosen des Sturms anzukommen.

Paulo schüttelte sich die tropfnassen dunklen Haare aus dem Gesicht. »Drei«, antwortete er. »Zwei sind gleich hier vorne, aber ein Balken versperrt ihnen den Durchgang. Rich versucht, ihn beiseitezuräumen.«

Belles Herz setzte vor Angst um Rich, den Ranch Manager, und die eingesperrten Pferde kurz aus. Ein panisches Wiehern kam von irgendwo aus dem Inneren des beschädigten Gebäudes.

Ihr Vater war bereits auf dem Weg. »Ich packe mit an«, verkündete er.

»Ich auch.« Belle folgte ihrem Vater zum eingeknickten Tor, doch er hielt sie auf.

»Nein«, sagte er entschlossen. »Das ist zu gefährlich. Bleib hier draußen und mach dich bereit, die Pferde einzufangen, sobald wir sie befreit haben. Wir wollen nicht, dass sie auf die Weide laufen, wo wir sie dann nicht mehr finden.«

Belle wusste, dass es zwecklos war, mit ihrem Vater zu diskutieren, wenn er in diesem Tonfall sprach. Also blieb sie, wo sie war, während er mit Paulo und Anita in der Scheune verschwand. Belle konnte ihren Instinkt, hinterherzurennen und den Pferden zu helfen, die dort drin in der Falle saßen, nur schwer unterdrücken.

Sie zuckte zusammen, als ihre Schwester sie anstupste. »Hat Paulo nicht gesagt, es seien noch drei Pferde in der Scheune?«, meinte Elodie. »Wo ist das dritte?«

»Gute Frage.« Zwei steckten Paulo zufolge hinter dem Balken fest. Wo war dann Nummer drei?

Belle legte den Kopf schief und ließ den Blick über die Umrisse der Scheune schweifen, die in diesem Moment vom Flackern eines Blitzes erhellt wurden. Dabei fiel ihr auf, dass der hintere Teil des Gebäudes nicht komplett eingestürzt war, wie sie zunächst gedacht hatte. Halb hinter einigen Zypressen verborgen, gab es eine Ecke, die noch stand.

»Lass uns da mal nachsehen«, sagte sie.

Mit gesenkten Köpfen, um sich halbwegs vor dem strömenden Regen zu schützen, machten die Schwestern sich auf den Weg. Der Wind heulte wie ein wildes Tier, verstummte jedoch abrupt, als sie das hintere Ende der Baumgruppe erreichten. Elodie packte Belles Arm. »Hörst du das?«, rief sie. »Das sind doch Tritte, oder?«

Belle hörte es auch – das Donnern von Hufen, die auf Holz trafen. »Das muss das letzte Pferd sein«, sagte sie.

Elodie zeigte auf etwas. »Da ist eine Tür!«

Ein weiterer Blitz flammte auf und jetzt sah Belle sie auch: eine menschengroße Türöffnung in der hinteren Ecke der Scheune. Die Tür selbst war vom Wind aus den Angeln gerissen worden und zur Seite gekippt, sodass sie den Durchgang teilweise versperrte.

Belle blinzelte, um durch den wogenden Regen etwas zu erkennen. Vorsichtig bahnte sie sich einen Weg durch die herumliegenden Holzbalken und Trümmer zur Tür. Die Tritte kamen von drinnen und nun war auch ein gedämpftes Wiehern zu hören.

»Dadrin ist ein Pferd!«, rief Elodie, rannte an Belle vorbei und kletterte über die umgefallene Tür, die unter ihrem Gewicht gefährlich knarrte.

»Pass auf!«, warnte Belle. »Vielleicht wartest du besser hier draußen, während ich ...«

Weiter kam sie nicht, denn ihre Schwester war bereits im Inneren der Scheune verschwunden. Einen Moment später ertönte Elodies Stimme: »Ich hab ihn gefunden! Er sitzt in der Sattelkammer fest!«

Belle krabbelte über die Tür, wobei sie versuchte, nicht darauf zu achten, wie diese unter ihr wackelte und rutschte. Trotz ihrer Stiefel fand sie auf dem nassen Untergrund nur mühsam Halt. Drinnen war es dunkel. Sie holte ihr Handy hervor und öffnete die Taschenlampen-App.

Die Sattelkammer war vollkommen verwüstet. Westernsättel waren aus den Haltern an den Wänden gefallen und lagen überall herum. Satteldecken, Zaumzeug und Putzutensilien hatten sich über den gesamten Holzboden verteilt, der an einigen Stellen aufgebrochen war. In einer Ecke stand ein kleines braunes Pferd, dessen Huf sich in einem der Löcher verkeilt hatte. Elodie ging behutsam auf das Tier zu, während sie leise und beruhigend mit ihm redete. Der Wallach sah noch jung aus. Er war ausgesprochen hübsch, mit einem schiefen weißen Stern auf der Stirn. Belle kannte die meisten Pferde der Cortez, aber dieses war ihr fremd. Das Pferd rollte seine Augen, bis das Weiße darin zum Vorschein kam, und hatte die Ohren flach zurückgelegt.

»Warte, El!«, rief Belle. »Er sieht ziemlich panisch aus.«

Kein Wunder, dachte sie. Er musste aus seiner Box ausgebrochen und hierhergeflohen sein, als die Scheune eingestürzt war. Ein großes Stück Holz, das früher einmal Teil des Heubodens gewesen sein musste, blockierte den Durchgang zum Rest der Scheune. Von der anderen Seite waren gedämpfte Stimmen zu vernehmen, daher vermutete Belle, dass ihr Vater und die anderen irgendwo dort damit beschäftigt waren, die beiden eingesperrten Pferde zu befreien.

Der kleine Braune schnaubte und verlagerte sein Gewicht. Im nächsten Moment trat er mit dem Hinterbein aus und sein Huf krachte donnernd gegen die Außenwand.

»Ruhig, Süßer«, brummte Elodie und streckte behutsam die Hand nach ihm aus.

Er riss den Kopf zurück und starrte sie verängstigt an. Belle drängte sich an ihrer Schwester vorbei und klaubte ein Halfter vom Boden. »Lass mich mal«, sagte sie, während sie das feststeckende Bein des Wallachs musterte. Es war bis zur Fessel im Boden versunken. »Wenn wir ihn erschrecken, könnte er eine falsche Bewegung machen und sich das Bein brechen.«

Ein weiterer Windstoß ließ die Wände erzittern. Die Stimmen der Erwachsenen im vorderen Teil der Scheune wurden laut und der kleine Braune wieherte ängstlich. Belle schluckte und hoffte inständig, dass das Gebäude noch etwas länger durchhalten würde.

»Hi, mein Kleiner«, flüsterte sie. »Wir holen dich hier raus ...« Sie hob das Halfter, doch er schnaubte und warf den Kopf zurück.

Da schnappte sich Elodie das Halfter. »Ich mach das«, sagte sie. »Bitte. Ich war gerade dabei, ihn zu beruhigen, als du reingekommen bist.«

Belle war unsicher. Aber es stimmte: Elodie hatte ein Händchen für Pferde, mehr noch als der Rest der Familie.

Abgesehen von Kates Assistentin Jodie Fallon war sie bislang die Einzige, die alle vier Beine von Wish, der Appaloosa-Stute, die wenige Monate zuvor aus schlechter Haltung gerettet und auf die Ranch gebracht worden war, berühren und anheben konnte. Also überließ Belle ihr das Feld.

»Wir müssen die kaputte Tür aus dem Weg räumen, wenn wir ihn hier rauskriegen wollen«, sagte sie. »Ich fang schon mal an. Sei vorsichtig, ja?«

Sie watete durch das Meer aus Sätteln und Gerümpel zurück zum Eingang. Die Holztür hatte sich in der Öffnung verkeilt, und als sie versuchte, sie zu verrücken, ging ein besorgniserregendes Knarren durch die gesamte Sattelkammer. Belle drehte sich nach Elodie um, die sachte auf den kleinen Braunen einredete. Er hatte den Kopf gesenkt und schien ihr zu lauschen. Seine Ohren drehten sich nach vorn, was bedeutete, dass sich seine Aufmerksamkeit vom Sturm weg und hin zu Elodie gewandt hatte, doch die Muskeln an seinem schweißnassen Hals zitterten immer noch vor Anspannung.

Belle versetzte der Tür einen erneuten Stoß. Ihre Hand glitt von dem glatten, nassen Holz ab und sie spürte, wie sich ein Splitter in ihren Daumen bohrte.

»Hab ihn!«, rief ihre Schwester.

Als Belle sich umblickte, trug der kleine Braune das Halfter und Elodie befestigte soeben einen Führstrick daran. »Warte«, erwiderte Belle und eilte zu ihr zurück, so schnell es in dem Durcheinander eben ging. »Halt ihn fest, dann versuche ich, sein Bein zu befreien.«

Der Wallach beäugte sie misstrauisch, als sie neben ihm in die Hocke ging. Doch er wehrte sich nicht, als sie seine Fessel mit einer Hand umfasste, so als wollte sie seine Hufe reinigen. Stattdessen hob er gehorsam das Bein und Belle musste es nur ein wenig hin und her bewegen, um es sicher aus dem zerklüfteten Loch zu befreien.

»Puh!«, seufzte sie. In dem Moment war ein weiteres lautes Knarren zu hören und die Rufe auf der anderen Seite der Scheune wurden drängender. »Okay, und jetzt raus hier.«

»Die Tür ist im Weg!« Elodie musste schreien, um den Donner zu übertönen. »Da passt er niemals durch!«

»Ich weiß.« Belle lief zur umgestürzten Tür und stemmte sich dagegen. »Ich versuche, sie beiseitezuschieben. Haltet euch bereit! Ich weiß nicht, wie lange die Wand danach noch standhält. Eins, zwei, drei …«

Mit aller Kraft wuchtete sie die Tür hoch und zur Seite, während sie stolpernd in den Regen hinaustaumelte. Hinter ihr ließ das Bauwerk ein alarmierendes Ächzen und Knarzen hören.

»Beeilt euch!«, brüllte sie und wirbelte herum, wobei sie sich das nasse Haar aus dem Gesicht strich.

Die kleine, blasse Gestalt ihrer Schwester erschien im Durchgang, dicht gefolgt von dem braunen Pferd. Die beiden schafften es gerade so, sich zwischen den Zypressen in Sicherheit zu bringen, als die Scheune ein entsetzliches Kreischen von sich gab.

»Sie stürzt ein!«, rief eine Stimme aus dem Inneren. Sie ging im Tosen des Sturms und dem Bersten der Scheune unter, daher konnte Belle nicht erkennen, ob sie ihrem Vater, Paulo oder Rich gehörte. Ihr schlug das Herz bis zum Hals. Sie packte Elodie und zog sie weiter von dem Gebäude weg. Der kleine Braune wieherte und bäumte sich auf, wobei das Halfter riss. Das Pferd verschwand hinter den Bäumen, während Elodie mit dem schlaffen Führstrick in der Hand zurückblieb. Gleichzeitig sackte die Scheune mit einem ohrenbetäubenden Ächzen in sich zusammen. Zerborstene Balken ragten aus dem Schutt auf, während Bruchstücke der Wände und Fenstersplitter in alle Richtungen geschleudert wurden. Alles schien wie in Zeitlupe abzulaufen und Belle fühlte sich seltsam unberührt, als wäre das alles nur ein Film.

Eine merkwürdige, unnatürliche Stille senkte sich über das eingestürzte Gebäude. Selbst der Wind verstummte für einen Augenblick. Die Sattelkammer, in der der kleine Braune festgesessen hatte, war nicht mehr zu sehen, genauso wenig wie der Durchgang oder auch nur die Tür, die Belle beiseitegewuchtet hatte. Der Sturm hatte die gesamte Scheune dem Erdboden gleichgemacht. *Und wir hätten dadrin sein können!*, schoss es Belle durch den Kopf. Ihr gefror das Blut in den Adern.

Sie blinzelte, als ihr der Regen ins Gesicht schlug. »Komm!« Sie nahm ihre Schwester bei der Hand und zog sie zur Vorderseite der Scheune.

Zu ihrer Erleichterung entdeckte sie ihren Vater, die Cortez und Rich draußen auf dem Hof. Rich hielt ein Seil, das um den Hals eines stämmigen gescheckten Wallachs geschlungen war, während Anita Cortez neben einer Fuchsstute mit freundlichen Augen kniete und deren Bein abtastete.

Belles Mutter rannte auf sie zu. »Da seid ihr ja!«, rief sie. »Geht es euch gut? Ich wusste nicht, wo ihr wart!«

»Alles okay«, versicherte Belle und warf Elodie einen warnenden Blick zu. Ihre Eltern durften auf keinen Fall erfahren, was sie gerade getan hatten. Wenn Ben und Kate rausfanden, dass sie Sekunden vor dem Einsturz noch in der Scheune gewesen waren ... Belle wusste, dass Elodie und sie ihr Leben aufs Spiel gesetzt hatten, um den kleinen Braunen zu retten. Sie wusste, dass es sich gelohnt hatte. Aber ihr war auch klar, wie viel Glück sie dabei gehabt hatten.

Elodie nickte ihr kaum merklich zu. Sie schien sich ebenfalls im Klaren zu sein, dass das, was sie getan hatten, unklug und höchst gefährlich gewesen war.

Belle schüttelte den Kopf, um die schrecklichen Bilder zu vertreiben, die in ihr hochkamen. Die Stelle an ihrem Daumen, wo sie sich den Splitter eingefangen hatte, pochte und als sie hinabschaute, um sich die Verletzung genauer anzusehen, stellte sie fest, dass ihre Hände zitterten.

Ihre Mutter drückte sie an sich. »Gott sei Dank seid ihr draußen geblieben«, flüsterte sie ihr ins Ohr. »Wir hätten euch beide niemals hierher mitnehmen dürfen.«

Belle erwiderte ihre Umarmung. Über die Schulter ihrer Mutter hinweg erblickte sie das aschfahle Gesicht ihrer kleinen Schwester und begriff, dass sie ihren Eltern niemals erzählen durften, was wirklich passiert war. Dass sie der Katastrophe nur um Haaresbreite entkommen waren, würde für immer ihr Geheimnis bleiben müssen.

3

Als die Beaumonts nach Hause kamen, schimmerte hinter den Hügeln im Osten bereits das rosa-goldene Licht des Sonnenaufgangs. Belle gähnte. Sie konnte kaum glauben, dass sie die ganze Nacht auf den Beinen gewesen waren. Nach dem Einsturz der Scheune hatte es noch eine Weile gedauert, bis sie den kleinen Braunen eingefangen und alle sechs Pferde nach Verletzungen abgesucht hatten.

Schlussendlich hatten sie beschlossen, dass der Braune, dessen Name Zephyr lautete, und Sulu, die Fuchsstute, fürs Erste auf der Golden Horse Ranch untergebracht werden sollten. So konnten die Beaumonts ihre Blessuren – die zum Glück nicht allzu schwerwiegend waren – versorgen, während die Cortez sich überlegten, wie es weitergehen sollte. Die anderen vier Pferde waren auf wundersame Weise unversehrt und konnten problemlos draußen auf der Koppel bleiben.

Zephyr war erst drei Jahre alt und noch nicht lange auf der Ranch. Er war alles andere als scharf darauf gewesen, in den Hänger zu gehen. Sie hatten eineinhalb Stunden, einen ganzen Eimer Getreidefutter und Sulus freundliches Wiehern aus dem Inneren des Hängers gebraucht, bis er sich widerstrebend hineinbegeben hatte. Nachdem die Pferde sicher verladen waren und sich über ihr Heu hermachten, hatte Ben Beaumont entschieden, lieber noch etwas zu warten, bis sich der Sturm gelegt hatte, weil ihm die Fahrt sonst zu riskant war. Also hatten sie die nächsten ein, zwei Stunden im Wohnzimmer der Cortez gesessen, brühend heißen Kaffee getrunken und waren abwechselnd in den Regen hinausgelaufen, um nach den Pferden zu sehen.

Als Belle an der Reihe gewesen war, hatte sie zu ihrer Erleichterung festgestellt, dass Zephyr relativ entspannt im Hänger stand und sein verletztes Vorderbein schonte, während er genüsslich an seinem Heunetz zupfte. Sie unternahm gar nicht erst den Versuch, ihn anzufassen, weil sie ihn nach den traumatischen Erlebnissen der letzten Stunden nicht auch noch zwingen wollte, menschlichen Kontakt zuzulassen. Aber sie freute sich schon darauf, ihn ohne die Schlamm- und Schweißflecken im Fell zu sehen. Er war offensichtlich ein wunderschönes Tier, ein bisschen kräftiger als Fiesta, aber mit einer ähnlich edlen Kopfform. Ein bisschen ironisch fand sie es allerdings schon, dass er ausgerechnet nach einem Wind benannt war, wenn man bedachte, in welche Gefahr er durch den Sturm geraten war.

»Ich bin froh, dass du in Sicherheit bist, Zephyr«, raunte sie ihm zu. »Jetzt kümmern wir uns um dich.«

Schließlich ließ der Sturm nach, allerdings blieben matschige Straßen und tropfnasse Bäume zurück. Elodie schlief ein, kaum dass sie ins Auto gestiegen war. Belle hingegen war die gesamte Heimfahrt über hellwach. Sie fühlte sich seltsam, nachdem sie die Nacht durchgemacht hatte. Vor ihrem inneren Auge liefen die Erinnerungen an die einstürzende Scheune wie ein Film ab, den sie nicht ausschalten konnte.

Als sie anhielten, schob sie sich Elodies Kopf von der Schulter. »Aufwachen«, sagte sie. »Du sabberst mich ganz voll.«

Grummelnd setzte Elodie sich auf und rieb sich die Augen. »Wo bin ich?«

Belle antwortete nicht. Ihr Vater hatte dicht neben dem überdachten Offenstall geparkt, in dem die Boxen in zwei Sechserreihen um einen Mittelgang angeordnet waren und an deren Ende sich eine Sattel- und eine Futterkammer befanden. Jodie kam ihnen bereits in Begleitung von Jorge Santana, dem Ranch Manager, entgegen.

»Ihr hättet mich anrufen sollen«, meinte Jorge, als Ben aus dem Truck stieg. »Ich hätte mit anpacken können, statt die ganze Aufregung zu verschlafen.«

»Es hätte keinen Sinn ergeben, uns alle wachzuhalten.« Belles Vater wirkte erschöpft, aber seine Mundwinkel verzogen sich zu einem angedeuteten Grinsen. »So ist wenigstens einer von uns heute ausgeruht.«

Jorge gab ihm einen Klaps auf die Schulter und ging dann Jodie beim Öffnen des Hängers zur Hand. Die beiden luden die Pferde aus und scheuchten die übermüdete Familie ins Haus.

»Wir kümmern uns um die zwei Hübschen«, sagte Jodie. »Ihr gehört ins Bett.«

Drinnen warteten Grace und Della bereits mit Saft und Toast. Mehr als ein paar Happen brachte Belle jedoch nicht runter. Sie war sich nicht sicher, ob sie würde schlafen können. Elodie hingegen war noch mit der angebissenen Scheibe Toast in der Hand auf dem großen Ledersofa eingenickt.

»Ich bringe sie in ihr Zimmer«, verkündete Ben und hob seine jüngste Tochter hoch. »Kommst du mit, Belle?«

»Gleich.« Belle spielte gedankenverloren mit ihrem Toast. Sie war völlig erledigt, aber innerlich viel zu aufgekratzt, um an Schlaf auch nur zu denken. Ihr Vater nickte und ging. Grace folgte ihm.

Belles Mutter berichtete Della gerade, was geschehen war. Was mit Zephyr passiert war, erwähnte sie dabei nicht. Weil sie es nicht wusste. Und es auch niemals wissen durfte.

Belle schloss die Augen. Ihr war flau im Magen. Sie erzählte ihren Eltern und Schwestern sonst immer alles. Es war ein schreckliches Gefühl, dass Elodie und sie ihre gefährliche Rettungsaktion vor dem Rest der Familie geheim halten mussten. Und zwar für immer.

Um sich abzulenken, griff sie nach ihrem Handy. Gedankenverloren tippte sie darauf herum und fand sich auf Instagram wieder, bei dem Foto von Fiesta. Ihr Blick fiel auf den Kommentar, den Patrick ihr am Vorabend hinterlassen hatte. Ehe sie sich bewusst wurde, was sie da gerade tat, hatte sie Patrick eine Direktnachricht geschickt:

Der Sturm letzte Nacht war echt heftig. Wäre fast von einer einstürzenden Scheune erschlagen worden!

Binnen Sekunden kam seine Antwort: *OMG, WAS?!?!?!?*

Belle verspürte einen Anflug von Erleichterung. Hier war jemand, dem sie sich anvertrauen konnte – Patrick kannte ihre Eltern schließlich nicht. Er lebte nicht einmal in derselben Stadt, sondern über eine Stunde entfernt, irgendwo außerhalb von San Luis Obispo. Sie verfasste eine kurze Schilderung der Beinahe-Katastrophe rund um Zephyr. Obwohl sie sich bemühte, nicht allzu dramatisch zu klingen, um Patrick keinen Schreck einzujagen, musste sie gestehen, dass selbst die nüchternen Fakten ein ziemlich krasses Bild zeichneten.

Gerade als sie die Nachricht abgeschickt hatte, kam ihre Mutter aus der Küche. »Du siehst fix und fertig aus, Liebes«, sagte sie und strich ihr sanft eine Haarsträhne aus dem Gesicht. »Geh und leg dich ein bisschen hin. Ich spring nur schnell unter die Dusche und hole mir dann auch eine Mütze Schlaf. Die Arbeit kann warten.«

Belle nickte.

Ihre Mutter verschwand im Flur, der zu den Schlafzimmern führte, und sie stand auf, um ihr zu folgen. Doch irgendwie ertrug sie den Gedanken nicht, allein in ihrem Zimmer zu sein. Das Knarren der Scheune hallte ihr in den Ohren nach und sie spürte noch immer, wie sich das schwere, nasse Holz unter ihren Fingern angefühlt hatte, als sie die kaputte Tür beiseitegewuchtet hatte. Sie ließ sich wieder aufs Sofa sinken und schlief zu den beruhigenden Geräuschen aus der Küche ein, in der Della das Geschirr spülte und dabei leise vor sich hin summte.

4

Die Türklingel setzte Belles Schlummer ein jähes Ende. Als sie nach ihrem Handy auf dem Couchtisch griff, zeigte das Display sechs Minuten nach neun an. Das Wohnzimmer und die angrenzende Küche waren still, sauber und verlassen.

Die Klingel ertönte erneut. Belle öffnete die Tür und zwei Personen standen vor ihr auf der Veranda, eine bekannte und eine fremde.

»Morgen, Belle«, begrüßte Callie Hennessey sie fröhlich. »Tut uns leid, dass wir zu spät sind.«

Callie – Tante Callie für Belle und ihre Schwestern, auch wenn sie nicht wirklich verwandt waren – war eine Sozialarbeiterin aus der Gegend. Sie brachte oft Patienten für Kate Beaumont auf die Ranch, die Psychologin war und sich darauf spezialisiert hatte, Kindern und Jugendlichen durch therapeutisches Reiten zu helfen.

»Äh, wir?«, fragte Belle und musterte das Mädchen neben Callie. Die Fremde war etwas jünger als Belle und recht zierlich gebaut. Sie hatte blaue Augen und langes welliges Haar, das ihr halbes Gesicht verdeckte. Vielleicht Callies Nichte oder so, die sich die Ranch mal ansehen wollte?

»Das ist Olivia Fisher«, sagte Tante Callie und legte dem dunkelhaarigen Mädchen eine Hand auf die Schulter. »Eure Mom weiß, dass sie kommt.«

Belle schluckte. Keine Nichte also, sondern ein weiterer junger Mensch mit Problemen, der zur pferdegestützten Therapie kam. Hatte ihre Mom nach all dem Drama der vergangenen Nacht vergessen, dass heute eine Patientin kam?

»Äh, klar.« Sie rang sich ein Lächeln ab. »Komm rein – Olivia, richtig? Ich sag Bescheid, dass du hier bist.«

»Fantastisch.« Callie warf einen Blick auf ihre Armbanduhr. »Ich muss los. Du bist hier in guten Händen, Olivia. Ich komm bald wieder vorbei und seh nach dir. Danke, Belle.«

Belle schloss die Tür hinter Callie, bevor sie sich zu Olivia umdrehte, die sich mit einer schwer zu deutenden Miene umblickte. Ihr geblümtes Sommerkleid und die blitzblanken weißen Sandalen eigneten sich eher für einen Restaurantbesuch in der Stadt als für einen lockeren Tag auf der Ranch. Belle fragte sich, ob Olivia gewusst hatte, dass sie sich auf einem waschechten Reiterhof wiederfinden würde, mit all dem Dreck und Staub, der dort zum Alltag dazugehörte.

»Hi. Wie Callie schon gesagt hat, ich heiße Belle«, stellte sie sich vor. »Willkommen auf der Golden Horse Ranch.«

»Danke. Ich freue mich, hier zu sein.« Olivias Tonfall war ruhig, besonnen und ausgesprochen höflich, wodurch sie mehr wie eine Erwachsene klang als wie eine Jugendliche. Es war fast ein bisschen unheimlich, auch wenn es Belle immer noch lieber war als das offen feindselige Verhalten, das manche Patienten ihrer Mutter bei der Ankunft an den Tag legten. Tatsächlich wirkte Olivia so gelassen und selbstsicher, dass es schwer zu glauben war, dass sie die intensive Art von Therapie benötigte, die Kate Beaumont anbot.

»Warte kurz hier, ja?«, bat Belle. »Ich hole meine Mom.«

Sie flitzte den Flur entlang, doch sowohl das Schlafzimmer als auch das Badezimmer ihrer Eltern war leer. Als sie ins Wohnzimmer zurückkehrte, stand Olivia noch genau dort, wo sie sie zurückgelassen hatte. Sie hatte nicht mal den vollgepackten Rucksack abgesetzt, der über ihrer Schulter hing.

»Du kannst deine Tasche ruhig hierlassen«, sagte Belle. »Mom muss irgendwo draußen sein. Komm, wir gehen sie suchen.«

Olivia musterte Belle durch den Vorhang aus Haaren vor ihrem Gesicht, dann stellte sie den Rucksack behutsam neben der Tür ab. Ohne ein Wort folgte sie Belle nach draußen.

»Äh, das ist der Ranchteil der ... ähm ... Ranch«, erklärte Belle unbeholfen, während sie mit einer ausholenden Geste auf die Nebengebäude und Scheunen zeigte. »Auf etwas über vierhundert Hektar halten wir hier Pferde und Rinder.« Sie merkte, dass sie wie in einem Werbespot klang, und verstummte. »Guck mal, da ist meine Mom. Dr. Kate«, ergänzte sie, damit Olivia nicht glaubte, sie würde sie während ihrer Ranchführung irgendwelchen beliebigen Leuten vorstellen.

Ihre Mutter stand bei den Offenboxen, wo sie in den frühen Morgenstunden die beiden Pferde ausgeladen hatten. Ihre große, schlanke Gestalt in Jeans und einem verblichenen grünen Shirt war zwischen den Umzäunungen gerade eben so auszumachen. Zephyr und Sulu waren in benachbarten Boxen untergebracht worden. Sulu kaute seelenruhig auf einem Bissen Heu herum, während Jodie ihr Hinterbein untersuchte. Zephyr wirkte deutlich weniger gelassen. Er lief rastlos und mit hoch erhobenem Kopf am Gitter auf und ab, das ihn von Sulu trennte. Seine Ohren zuckten bei jeder Bewegung, jedem noch so kleinen Geräusch. Belle fragte sich, ob er auch noch Albträume von dem Sturm hatte. *Du armes, verängstigtes Pferd*, dachte sie.

Dr. Kate sah Jodie zu, doch ihre Augen weiteten sich, als sie Olivia erspähte. »Oh!«, platzte es aus ihr heraus. »Hallo. Du musst ...«

Sie stockte kaum merklich und Belle sprang ihr bei. »Das ist Olivia Fisher«, sagte sie schnell, damit bei dem Mädchen nicht der Eindruck entstand, Dr. Kate könne sich nicht an ihren Namen erinnern. Die meisten Patienten ihrer Mutter hatten schon genug Probleme, auch ohne das Gefühl, vergessen worden zu sein. »Callie hat sie gerade abgesetzt.«

Dr. Kate schenkte ihrem Gast ein warmes Lächeln. »Willkommen in unserem Zuhause, Olivia. Ich freue mich sehr, dass du hier bist.«

Belle stellte fest, dass Olivia Zephyr nicht aus den Augen ließ. Zum ersten Mal seit ihrer Ankunft zeigte sie einen Anflug von Emotionen. Allerdings keine guten. »Warum rennt das Pferd so hin und her?«, fragte sie. Ihre Stimme klang schrill und verunsichert.

»Mach dir deswegen keine Sorgen«, beschwichtigte sie Dr. Kate. »Die beiden haben eine harte Nacht hinter sich. Hier auf der Golden Horse Ranch helfen wir nicht nur Menschen, sondern auch Pferden. Im Moment sind sie nicht in bester Verfassung, aber das wird schon wieder.«

Olivia schüttelte ganz leicht den Kopf, wodurch ihre langen Haare eines ihrer Augen verdeckten. »Ich mag keine Pferde«, sagte sie.

Belle sah ihre Mutter mit hochgezogenen Augenbrauen an. Therapeutisches Reiten basierte auf der Grundidee, dass Pferde manchmal auf einer tieferen Ebene eine Verbindung zu einem Menschen aufbauen konnten, wenn andere Methoden versagten. Aber das konnte nicht funktionieren, wenn der Patient sich nicht mal in die Nähe des Pferdes wagte.

»Darüber können wir später noch reden«, sagte Dr. Kate. »Jetzt gehen wir erst mal zurück zum Haus und zeigen dir dein Zimmer.«

Die beiden machten sich auf den Weg. Belle betrat die Box, in der Jodie mit Sulu zugange war. »Wie geht es ihr?«, erkundigte sie sich, während sie die freundliche Fuchsstute streichelte.

Jodie richtete sich auf und wischte sich den Staub von den Händen. Obwohl sie erst zweiundzwanzig war, war sie einer der fachkundigsten Pferdemenschen, die Belle kannte. Deshalb vertraute Dr. Kate ihr auch voll und ganz, wenn es darum ging, bei den Therapiestunden zu helfen und die Pferde zu versorgen, die sie dafür benötigte.

»Die Hübsche hier hat ein angeschlagenes Sprunggelenk und wir sollten die nächsten Tage ihren vorderen Fesselträger im Auge behalten.« Jodie blickte zu Zephyr hinüber. »Der junge Mann dort drüben scheint so weit in Ordnung zu sein, wenn man von einer hässlichen Schramme an seiner Schulter absieht. Er hat mich nah genug an sich rangelassen, dass ich ihn kurz mit dem Schwamm abwaschen konnte, aber danach hatte er die Nüstern voll von mir.« Sie lächelte.

»Ist nicht weiter schlimm, er soll erst mal ein bisschen zur Ruhe kommen. Ich schätze, er hat eine ziemlich turbulente Nacht hinter sich.« Aus dem Augenwinkel sah sie Belle an. »Ihr alle, so wie es klingt.«

Belle nickte, sagte aber nichts. Sie fürchtete, dass dann alles aus ihr heraussprudeln würde. Und Jodie durfte nicht wissen, dass Elodie und sie ihr Leben riskiert hatten, um Zephyr zu retten. Wieder kam der Lärm der einstürzenden Scheune in ihr hoch und sie schüttelte kurz den Kopf, um die Erinnerung loszuwerden.

»Habt ihr heute schon nach der Herde gesehen?«, fragte sie stattdessen.

»Jorge hat sie vor einer Stunde oder so auf die kleine Koppel gebracht«, antwortete Jodie. »Wir haben sie durchgecheckt, allen geht es bestens. Nach den Rindern wollte er später noch gucken.«

»Das kann auch ich machen«, bot Belle an. »Ich hatte sowieso vor, eine Runde auf Fiesta zu drehen.«

5

Belle half Jodie dabei, Heunetze und Wassereimer für die beiden Neuankömmlinge und für Wish, die aus schlechter Haltung gerettete Appaloosa-Stute am anderen Ende der Offenboxen, zu füllen. Danach machte sie sich auf den Weg zur Weide, die am nächsten am Wohnhaus und den Scheunen lag. Es war die kleinste Weide auf der Ranch, umfasste aber immer noch rund viertausend Quadratmeter. Zum Glück grasten die Pferde ganz in der Nähe des Gatters. Als Belle pfiff, hob Fiesta den Kopf und trabte auf sie zu.

Die Fuchsstute schien die Nacht draußen im Sturm unbeschadet überstanden zu haben. An ihren Beinen waren ein paar Schlammspritzer vom feuchten Sand, aber ihr Fell war trocken und als Belle sie berührte, fühlte sie sich warm an. Von dem wilden, steigenden Pferd, das sie am Vorabend fotografiert hatte, war nichts mehr zu spüren. Fiesta senkte den Kopf, um an Belles Haar zu schnuppern, und ließ dann zu, dass Belle den Kopf an ihr Gesicht legte.

»Ich bin so froh, dass du nicht in dieser Scheune warst«, flüsterte Belle. »Wenn du darin gefangen gewesen wärst, hätte ich viel panischer reagiert.«

Fiesta schnaubte und Belle spürte eine Wolke warmer Luft an ihrem Hals. Sie trat einen Schritt zurück und streifte Fiesta das Halfter über. »Komm, Süße. Gehen wir Rinder zählen.«

Sie führte die Stute auf den Hof, von wo aus Fiesta die Neuankömmlinge in den Offenboxen neugierig beäugte, während Belle ihr schnell das Fell abbürstete, bevor sie sie sattelte. Belle entschied sich für den Westernsattel anstelle des englischen Sattels, den sie beim Training und auf Wettkämpfen nutzte. Sie zog den Gurt fest, stellte einen Fuß in den Steigbügel und schwang sich auf Fiestas Rücken. Der Westernsattel war gemütlicher als ihre Spring- und Dressursättel, beinahe wie ein Sessel. Sie genoss es, sich entspannt zurückzulehnen, während sie über die Feldwege der Ranch ritt.

Sie folgten dem Hauptweg, der zu allen anderen Weiden führte, in Richtung der Hügel. Fiesta wirkte munter und aufgeweckt und schien den Ausritt mindestens ebenso zu genießen wie Belle. Ihre Hufe trommelten auf den feuchten

Sand, und ihre rötlich braune Mähne wippte, während sie in gleichmäßigem Tempo über das Grundstück trabten. Zum Glück hatte der Sturm bis auf vereinzelte Pfützen und herabgefallene Zweige keine großen Schäden hinterlassen. In der Ferne erspähte Belle ihren Dad und Jorge, die gerade einen Zaun flickten, den ein kleiner umgestürzter Baum eingedrückt hatte. Die Weide hatte während des Sturms leer gestanden, sodass keine Tiere von dort ausgebrochen waren.

Belle und Fiesta wandten sich in die entgegengesetzte Richtung und trabten auf eine riesige Weide in Hanglage zu, die einige Kilometer weiter landeinwärts lag. Dort fand Belle die kleine Rinderherde der Ranch. Die Tiere grasten zufrieden in der Sonne und erschienen äußerlich unbeschadet. Sie ritt dichter heran und richtete sich in den Steigbügeln auf, um durchzuzählen. Die Kühe, die ihnen am nächsten waren, hörten auf zu fressen und betrachteten Fiesta aus großen braunen Augen, während sie die Schwänze hin und her schwingen ließen, um Fliegen zu vertreiben.

Nachdem sie ihrem Vater geschrieben hatte, dass mit der Herde alles in Ordnung war, wendete sie Fiesta und ritt weiter den Hügel hinauf. Die kleine Stute verfiel in einen zügigen Trab und arbeitete sich kontinuierlich aufwärts. Belle saß locker im Sattel und passte sich dem Rhythmus an. Das war ein deutlicher Unterschied zum englischen Stil, bei dem man beim Leichttraben bei jedem Schritt aus dem Sattel ging.

Sie kamen zu einer windumtosten Klippe, dem höchsten Punkt der Ranch. Belle brachte Fiesta zum Stehen, lehnte sich im Sattel zurück und genoss die grandiose Aussicht. Im Westen erstreckte sich die glitzernde Fläche des Pazifiks, dessen Wellen in regelmäßigem Abstand gegen den felsigen Strand schlugen. Wenn sie sich nach Osten drehte und die Augen zusammenkniff, konnte sie die Bäume erkennen, die die Grundstücksgrenze markierten. Gleich dahinter lag die Buena Vista Ranch. Belle konnte einige Olivenbäume und eine der Schafweiden ausmachen, doch weiter reichte ihr Blick nicht. Ein feiner Dunst hing in der Luft, weshalb sie den Rest des Anwesens und vor allem die Stelle, wo die Scheune gestanden hatte, nicht sehen konnte.

»Paulo und Anita können einem echt leidtun. Nicht zu fassen, dass sie ihre wunderschöne alte Scheune verloren haben«, murmelte sie, während sie sich aus dem Sattel schwang und Fiesta die Zügel über den Kopf streifte.

Die Stute senkte den Kopf und schnupperte an den spärlichen Wildgrasbüscheln, die aus dem steinigen Untergrund ragten. Belle ließ sie grasen. Sie war immer noch in den Anblick der Nachbarranch vertieft. Für einen Moment fühlte sie sich in die einstürzende Sattelkammer zurückversetzt: Das Rauschen des Windes im Gras klang wie das Knarren der Balken, der Schrei eines Habichts ahmte das Kreischen der nachgebenden Holz- und Metallteile nach …

Das Vibrieren ihres Handys riss sie aus den unwillkommenen Erinnerungen. Belle las die Instagram-Nachricht, als käme sie von einem fremden Planeten. Tatsächlich stammte sie von Patrick.

Alles okay? Ich hab gar nichts mehr von dir gehört!

Belle hatte ganz vergessen, ihm zu antworten. Sie hoffte, dass er sich nach allem, was sie ihm über die Sturmnacht erzählt hatte, nicht allzu schlimme Sorgen gemacht hatte. Ihre Wangen glühten, als ihr klar wurde, dass sie einen beinahe Fremden in ihr Abenteuer reingezogen und dabei wahrscheinlich wie die totale Dramaqueen geklungen hatte. Schnell tippte sie eine Antwort, wobei sie sich bemühte, möglichst fröhlich und unbekümmert rüberzukommen: *Entschuldige! Bin einfach nur eingeschlafen, war ja die ganze Nacht auf den Beinen. Alles bestens, bin jetzt mit Fiesta unterwegs.*

Nachdem sie die Nachricht abgeschickt hatte, schob sie das Handy zurück in ihre Tasche, zog es jedoch sofort wieder hervor, als plötzlich eine vertraute Melodie ertönte.

Schon wieder Patrick, aber diesmal per Videocall!

»Äh, hallo?«, meldete sie sich. Wo um alles in der Welt hatte er ihre Handynummer her? Instagram war eine Sache, aber nur wenige Menschen kontaktierten sie direkt auf dem Handy.

Patrick lächelte ihr vom Display entgegen. Er schien in seinem Zimmer zu sein, trug Shorts und ein T-Shirt und sein dichtes blondes Haar war leicht zerzaust, als wäre er noch nicht dazu gekommen, sich zu kämmen. Belle hatte ihn noch nie in etwas anderem als in seiner Turnierkleidung gesehen, da sie ihm bisher nur auf dem Reitplatz begegnet war. Ohne wirkte er fast wie ein anderer Mensch.

»Hey«, begrüßte er sie. »Ich wollte mich nur vergewissern, dass es dir auch wirklich gut geht.«

»Äh, klar«, stammelte Belle. Sie war sich ihres ausgeblichenen T-Shirts und der verirrten Haarsträhnen, die unter ihrem Helm hervorlugten, auf einmal nur allzu deutlich bewusst. »Ich meine, das tut es. Ich meine, hi.«

»Also, was ist passiert?« Patricks Miene wurde ernst. »Mit der Scheune eurer Nachbarn, meine ich. Haben sie Pferde verloren?«

»Nein, zum Glück nicht.« Die Erinnerung brach erneut über Belle herein. Unwillkürlich packte sie Fiestas Zügel ein wenig fester. »Wir sind gerade noch rechtzeitig gekommen, glaube ich.«

Und schon war sie dabei, ihm noch einmal alles haarklein zu beschreiben, als wäre sie wieder vor Ort und lauschte dem ächzenden Holz und tosenden Wind, während Elodie versuchte, das panische Pferd zu beruhigen. Patrick hörte ihr schweigend zu, auch wenn sich seine Augenbrauen immer weiter hoben, bis sie förmlich hinter seinen Haaren verschwanden.

Als Belle fertig war, atmete er tief durch. Belle hörte, wie der Luftstrom durch den Lautsprecher knisterte. »Wow«, sagte er. »Klingt ziemlich beängstigend.«

»Ja.« Belle hatte das Bedürfnis, das Thema zu wechseln. Patrick sollte nicht glauben, dass sie das Ereignis zu sehr beschäftigte. »Aber jetzt ist es ja vorbei. Guck dir mal meine Aussicht an!«

Sie drehte das Handy, um ihm einen Rundumblick auf die Landschaft zu gewähren. Er pfiff bewundernd.

»Unglaublich!«, sagte er, als sie die Kamera wieder auf sich richtete. »Gehört der Strand zu eurem Grundstück? Ich hätte so gern einen Strand zum Trainieren. Das muss ein echter Booster für Fiestas Fitness sein. Kein Wunder, dass ihr uns neulich geschlagen habt.«

In einem wahren Kopf-an-Kopf-Rennen hatte Belle ihm den Sieg bei den Regionalmeisterschaften im Vielseitigkeitsreiten praktisch vor der Nase weggeschnappt, nachdem er beim finalen Springreiten eine einzige Stange abgeworfen hatte, während Belle und Fiesta fehlerfrei geblieben waren.

Belle grinste Patricks Gesicht auf dem Display an. »Darcy und du könnt jederzeit zum Training vorbeikommen. Dann sehen wir ja, ob du danach immer noch eine Ausrede hast.«

Patrick lachte. »Vielleicht machen wir das wirklich. Könnte lustig werden.«

Belle schluckte. Ihr Herz schlug schneller. Bildete sie sich das nur ein oder … *flirtete* sie gerade mit Patrick Lewers?

Das war neu. Gut, bei den Wettkämpfen schwärmten Nicole und Elodie jedes Mal, dass Patrick der süßeste Typ auf dem Turnierplatz war. Und wenn sie ihn sich so ansah, musste Belle ihnen insgeheim recht geben. Aber wieso war er auf einmal scharf darauf, mit ihr zu reden oder sie gar zu besuchen? Irgendetwas daran machte sie misstrauisch. Sie beide hatten immer in erbittertem Wettbewerb gestanden. Was sollte das jetzt also? Versuchte Patrick sie auszuspionieren, um ihre Schwachpunkte zu finden und sie beim nächsten Mal wieder zu besiegen?

Bevor sie sich einen Reim darauf machen konnte, sprach Patrick weiter. »Ich sollte dann mal Schluss machen«, sagte er. »Muss gleich in die Halle zum Springtraining.«

Belle verabschiedete sich und sie legten auf. Sie blickte auf die Wellen hinaus, die im Sonnenlicht funkelten, und überlegte, was sie von dem Telefonat halten sollte. Es war noch nicht lange her, dass sie sich mit Clark, einem Patienten ihrer Mom, gut verstanden hatte. Eigentlich war sie gerade nicht daran interessiert, sich auf irgendwen einzulassen. Außerdem: Wenn Patrick wirklich nur darauf aus war, hinter ihre Trainingsmethoden zu kommen, war es schlauer, ihn gar nicht erst als potenziellen Freund in Betracht zu ziehen.

»Da ist bestimmt nichts weiter, er wollte einfach nur nett sein«, sagte sie zu Fiesta und zog an den Zügeln, damit die Stute den Kopf hob und sie aufsteigen konnte. »Ist auch gut so. Wir haben sowieso viel zu viel um die Ohren, da kann ich keine weitere Ablenkung gebrauchen!«

6

Als Belle und Fiesta von ihrem Ausritt zurückkehrten, herrschte geschäftiges Treiben rund um die Ställe. Jodie harkte den Pfad, während Grace den Schlauch von Box zu Box schleppte, um die Wassereimer zu befüllen. Elodie stand vor Zephyrs Box und redete durch die Gitterstäbe mit ihm. Ganz in der Nähe dösten Duke und Amigo, die Hunde der Familie, im Schatten, aber Amigo sprang auf, um Fiesta mit einem freundlichen Stups zu begrüßen, als Belle sie zum Waschplatz gegenüber von Wishs Box führte. Sie rieb gerade den Schweiß mit dem Schwamm von Fiestas Fell, als ihre Mutter dazukam.

»Wo ist Olivia?«, erkundigte sich Elodie und wandte sich halb von Zephyrs Box ab.

»Richtet sich in ihrem Zimmer ein«, antwortete Dr. Kate.

»Ich wollte euch schnell einweihen, nachdem ich offensichtlich vergessen habe, das vor ihrer Ankunft zu tun.«

Sie verzog das Gesicht. Belle sah ihrer Mutter an, dass sie sich über sich selbst ärgerte.

»Gibt es was, das wir über sie wissen sollten?« Belle ließ den Schwamm in einen Eimer fallen und ging zu den anderen hinüber. Eine warme Brise strich unter dem Segeltuchdach über dem Waschplatz hindurch, sodass Fiesta nicht auskühlen würde, wenn sie sie an der Luft trocknen ließ.

Grace und Jodie gesellten sich ebenfalls dazu. Dr. Kate berichtete, dass Olivia vierzehn war und in San Luis Obispo lebte.

»Oh, sie kommt hier aus der Gegend!«, rief Elodie aus. »Das ist ja cool.«

Dr. Kate lächelte. »Ja, ist schon eine Weile her, seit wir das letzte Mal jemanden von hier bei uns hatten.« Ihr Gesicht wurde wieder ernst. »Sie ist auf der Ranch, weil ihre Mutter und ihre beiden jüngeren Brüder vor zwei Monaten bei einem Hauseinsturz ums Leben gekommen sind.«

Belle stockte der Atem. Vor ihrem inneren Auge blitzten erneut Bilder der zusammenbrechenden Scheune auf. »Das ist ja furchtbar«, sagte sie und wechselte einen Blick mit Elodie, die ganz blass geworden war.

Dr. Kate erklärte, dass eine Gasleitung explodiert war und mehr als die Hälfte des Hauses zerstört hatte. Olivia hatte nur überlebt, weil sie sich in dem kleinen Teil des Hauses aufgehalten hatte, der stehen geblieben war. Ihre Mutter und die beiden kleinen Brüder hatten weniger Glück gehabt. Ihr Vater war zu dem Zeitpunkt nicht zu Hause gewesen, er lebte also auch noch.

»Wow«, sagte Belle, als Kate fertig war. Viele Einzelheiten hatte ihre Mutter ihnen nicht gegeben, aber die Schwestern wussten, dass es keinen Sinn hatte, sie danach zu fragen. Dr. Kate tat alles, was in ihrer Macht stand, um die Privatsphäre ihrer Patienten zu schützen. Sie wollte, dass sie im Hier und Jetzt ankommen konnten, ohne von anderen wegen ihrer Vergangenheit beurteilt zu werden. Ihre Familie bekam die Eckdaten, weshalb ein Patient oder eine Patientin auf der Ranch war, und nicht mehr.

»Tja, jetzt wisst ihr Bescheid.« Kate warf einen Blick auf ihre Armbanduhr. »Sie isst mit uns zu Mittag. Della sagt, sie ist bald fertig.«

Eine halbe Stunde später eilte Belle frisch geduscht und umgezogen ins Wohnzimmer. Ihr Magen knurrte und sie merkte, dass sie kurz vorm Verhungern war.

Olivia saß bereits zwischen Kate und Jodie am Esstisch. Grace, Ben Beaumont und Jorge waren ebenfalls da. Della stellte gerade ein Tablett mit Sandwiches auf den Tisch. Dazu gab es zwei große Platten mit noch warmen Muffins aus Maismehl, eine Kanne Orangensaft und eine Schüssel mit hausgemachtem Krautsalat. Duke, Amigo und Jorges Hund Tank lagen auf dem kühlen Fliesenboden und behielten das Essen aufmerksam im Auge.

»Setz dich, Belle«, sagte Kate. »Wie war dein Ausritt heute Morgen? Ich hab ganz vergessen zu fragen.«

Belle nahm Platz und lud sich den Teller mit Dellas köstlichem Coleslaw und den Muffins voll. Sie erzählte den anderen, dass sie nach den Rindern gesehen hatte, ließ ihren anschließenden Abstecher auf die Klippe aber aus. Aus irgendeinem Grund wollte sie nicht, dass sie auf die Idee kamen, sie hätte nach der Buena Vista Ranch schauen wollen.

Danach wandten sich die Gespräche anderen Themen zu. Belle fiel jedoch auf, dass niemand die Ereignisse der vergangenen Nacht erwähnte. *Kein Wunder*, dachte Belle. *Eine einstürzende Scheune klingt ja doch sehr nach Olivias Vergangenheit ...*

Während Ben und Jorge sich über eine beschädigte Windturbine unterhielten, beugte sich Elodie zu Olivia vor. »Wo hast du das Kleid her?«, erkundigte sie sich. »Das ist supersüß!«

Olivia zuckte mit den Schultern. »Weiß ich nicht mehr«, sagte sie und blickte an ihrem Sommerkleid hinab. »Aber vielen Dank für das Kompliment.«

»Warst du schon mal auf einer Pferderanch, Olivia?«, fragte Belles Vater und griff nach einem weiteren Sandwich.

»Nein, noch nicht«, sagte sie. »Das ist das erste Mal.«

Ihr Tonfall war nett und höflich, aber sie klang distanziert, so als sei sie nur ganz kurz zu Besuch und könnte nach dem Essen sofort wieder verschwinden. Belle bemerkte, dass sie keinerlei Einzelheiten preisgab und von sich aus nicht viel über sich oder ihre Familie verriet. So ging es die gesamte Mahlzeit über weiter. Olivia beantwortete Fragen, die direkt an sie gerichtet waren, freundlich und umgehend, blieb ansonsten aber still und konzentrierte sich ganz auf ihr Essen.

Als sie fertig waren, half Olivia Belle und ihren Schwestern beim Abräumen der Teller. »Danke, dass du mit anpackst, Olivia«, sagte Kate. »Das wissen wir sehr zu schätzen.«

»Gern geschehen«, erwiderte Olivia im selben verhaltenen Tonfall. Sie nahm einen Stapel Teller und machte sich auf den Weg zur Küche.

Es ist beinahe unheimlich, wie ruhig sie wirkt, dachte Belle, als sie ihr mit einer Handvoll Besteck und dem Wasserkrug folgte. *Sonst sind Moms Patienten eher …*

RUMS!

Belle schreckte hoch, als ein lautes Geräusch von draußen sie aus ihren Gedanken riss. Olivias Reaktion war heftiger. Sie stieß einen panischen Schrei aus und machte einen Satz zur Seite, wobei sie gegen die Kücheninsel stieß. Die Teller glitten ihr aus den Händen und zerbrachen auf dem Fliesenboden. Einen Moment stand sie stockstarr inmitten der

Scherben. Sie war kreidebleich und zitterte am ganzen Körper.

»Olivia!« Kate war sofort bei ihr. Sie streckte die Hand aus und berührte sie behutsam am Arm. »Ist schon gut. Da hat bloß jemand eine Lieferwagentür zugeschlagen.«

Olivia zuckte zusammen. »Tut mir leid«, piepste sie und lief rot an. »Es tut mir so leid.« Sie bückte sich, um die kaputten Teller aufzusammeln, doch Dr. Kate zog sie sanft rüber ins Wohnzimmer.

»Das ist nicht schlimm«, versicherte sie. »Mach dir keine Sorgen, Unfälle passieren. Ich schlage vor, wir überlassen das Della und den Mädels und schauen mal, ob dir die Sachen passen, die Grace für dich rausgelegt hat.«

»Was war denn das?«, flüsterte Elodie und zwängte sich an Belle vorbei, während sie einen neugierigen Blick in Richtung Wohnzimmer warf.

Grace kam näher. »Mom hat gefragt, ob Olivia sich ein paar Klamotten von mir ausleihen kann, weil wir ungefähr die gleiche Größe haben«, erklärte sie leise. »Sie hat nichts Ranchtaugliches dabei.«

Belle nickte, auch wenn sie den Verdacht hatte, dass Elodie nicht nach den Klamotten gefragt hatte. *Vielleicht ist Olivia ja doch nicht so gelassen*, dachte sie. Sie ging in die Hocke und fing an, die Porzellanscherben aufzuklauben und in einem Putzlappen zu sammeln, um sie wegzuwerfen.

Einige Minuten später war die Küche wieder aufgeräumt und sauber. Von den zerbrochenen Tellern war nichts mehr zu sehen. Della rollte gerade Keksteig aus und Dr. Kate wartete in ihrem Büro auf Olivia, die in ihrem Zimmer verschwunden war, um die geliehenen Sachen anzuprobieren. Ben, Jorge und Jodie waren mit den Hunden im Schlepptau wieder nach draußen gegangen.

»Lust auf einen Film oder so?«, fragte Elodie ihre beiden Schwestern.

»Macht ihr ruhig«, erwiderte Belle. »Ich würde gern ein kleines Nickerchen machen, bevor es wieder an die Arbeit geht.« Die durchwachte Nacht machte sich langsam bemerkbar.

Während ihre Schwestern lebhaft über die Filmauswahl diskutierten, zog sie sich in ihr Zimmer zurück. Kater Huckleberry döste auf ihrem Kissen. Nachdem sie ihn behutsam umgesetzt hatte, streifte Belle die Schuhe ab und ließ sich aufs Bett fallen. Ihr Kopf hämmerte und dröhnte vor Müdigkeit.

Doch sobald sie die Augen zumachte, war sie wieder draußen im Sturm, in dem Moment, als die Scheune der Cortez einstürzte. In ihren Gedanken hallte das Echo der berstenden Balken, das dumpfe Krachen des einbrechenden Daches nach. Sie hörte das Rascheln der Zweige in den sturmumtosten Baumwipfeln und das verängstigte Wiehern der Pferde.

Sie versuchte, sich mit anderen Themen abzulenken: Fiesta, das Future Champions Camp, ja sogar Patrick Lewers und der überraschende Videocall. Aber nichts davon funktionierte. Jedes Mal, wenn sie langsam wegdämmerte, fand sie sich erneut mit Elodie und Zephyr in der klaustrophobischen Enge der Sattelkammer wieder, umgeben von den Geräuschen des einstürzenden Gebäudes ...

Nach vierzig Minuten gab sie schließlich auf und kehrte ins Wohnzimmer zurück. Ihre Schwestern lagen auf dem Sofa und schliefen vor dem laufenden Fernseher. Della hörte Belle kommen und sah auf. Lächelnd hielt sie sich einen Finger an die Lippen und deutete mit einem Kopfnicken auf die beiden Schlafmützen. Belle erwiderte ihr Lächeln, schnappte sich ihre knöchelhohen Stiefel und trat nach draußen auf die Veranda.

Sie zog die Stiefel an und ging zu den Ställen. Sie hatte Fiesta nach ihrem Bad erst mal drinnen gelassen und wollte sie nun zum Rest der Herde auf die Weide bringen, bevor Jodie die abendliche Portion Heu auftischte.

Als sie ums Haus bog, vernahm sie Stimmen. Ihre Mom war auf einem der großen abgezäunten Reitplätze, die zwischen den Offenboxen und der Auffahrt lagen. Olivia war bei ihr. In Grace' Jeans, Stiefeln und gestreiftem Poloshirt sah sie um einiges jünger aus und schaffte es irgendwie, noch mehr fehl am Platz zu wirken als zuvor. Sie erschien angespannt, so als könnte sie jeden Moment wieder vom Platz stürmen.

Zu Belles Überraschung hatten sie ein Pferd dabei. Normalerweise ließ sich ihre Mutter Zeit damit, einen neuen Patienten an die Pferde heranzuführen. Und Olivia hatte ja deutlich zum Ausdruck gebracht, dass sie von der Aussicht alles andere als begeistert war.

Belle ging zu der Box, in der sie Fiesta zurückgelassen hatte, wobei sie mit einem Auge den Reitplatz im Blick behielt. Viel tat sich nicht. Das Pferd, ein junger schwarz-weißer Wallach namens Bounty, stand ruhig neben Kate, während sie mit Olivia redete. *Eine interessante Wahl*, dachte Belle. Bounty strahlte eine starke männliche Energie aus. Er war verspielt und neugierig, kein ganz so ruhiger und verlässlicher Partner wie einige der älteren Stuten, die den Patienten mehr Raum ließen.

Belle wäre gern näher rangegangen und hätte gelauscht, fürchtete jedoch, dass das etwas zu übergriffig war. Die Boxen lagen leicht erhört und gute zehn Meter vom Rand des Reitplatzes entfernt, also etwas zu weit weg, um zu hören, was ihre Mutter sagte.

Als sie anhielt, um Wish zu streicheln, die den Kopf über die Tür hängte, kam Jodie mit einer Schaufel voller Getreidefutter aus der Sattelkammer. »Oh, hi«, sagte sie. »Fiesta kann dann wohl langsam mal wieder nach draußen, glaube ich. Sie hat gerade schon angefangen, Zephyr fiese Grimassen zu schneiden.«

»Deswegen bin ich hier«, antwortete Belle. Sie warf einen Blick in Richtung Reitplatz. »Mom hat also beschlossen, Olivia mit Bounty arbeiten zu lassen, hm? Das ist echt überraschend.«

»Inwiefern?«, fragte Jodie.

Belle zuckte mit den Schultern. »Ich hätte eher gedacht, dass sie eine Stute auswählt – Queenie vielleicht oder Luna«, erklärte sie. »Eine, die schon ein paar Fohlen großgezogen hat und eine gewisse mütterliche Energie mitbringt, damit Olivia sich in ihrer ersten Sitzung sicher fühlt.«

»Aber Olivia hat keine Mutter mehr, schon vergessen?«, wandte Jodie sachte ein. »Sie muss einen Weg finden, eine neue Familie nur mit ihrem Dad zu bilden. Ich vermute, deine Mom möchte damit erreichen, dass sie lernt, einen männlicheren Einfluss zu akzeptieren.«

»Oh, richtig ...« Belle verzog das Gesicht. Sofort war ihr Mitgefühl für Olivia wieder da. »Dann ist Bounty eine gute Wahl. Auch wenn er noch jung ist, kann er sehr ruhig und verlässlich sein, wenn er in der richtigen Stimmung ist.«

Jodie nickte. »Genau das, was Olivia jetzt braucht, nehme ich an. Sie fragt sich wahrscheinlich, was sie hier überhaupt soll, zwischen all den Pferden und fremden Menschen. Bestimmt wäre sie viel lieber zu Hause bei ihrem Dad.«

In dem Moment ließ Sulu ein ungeduldiges Wiehern hören und Jodie eilte zu ihr ans Ende der Boxenreihe, um ihr das heiß ersehnte Futter zu bringen. Belle blieb, wo sie war, tätschelte Wish und beobachtete das Trio auf dem Reitplatz. Ihre Mutter schien Olivia nicht dazu bringen zu wollen, auf Bounty zuzugehen oder in irgendeiner Form mit ihm zu interagieren. Stattdessen hielt sie ihn beiläufig am Führstrick und streichelte ihm den Hals, während sie mit Olivia sprach. Als der Wind drehte, konnte Belle ein bisschen davon aufschnappen, was ihre Mom sagte. Es ging nicht um Pferde, sondern ganz allgemein darum, was Olivia mochte und was nicht: Essen, Schulfächer, Musik, Klamotten.

Olivia antwortete gewohnt einsilbig, doch es schien sie Mühe zu kosten, ihren höflich-distanzierten Tonfall beizubehalten. Sie hatte die Arme um den Oberkörper geschlungen und ließ Bounty nicht aus den Augen. Ihre ganze Körpersprache schrie förmlich, dass sie nicht in der Nähe eines Pferdes sein wollte, nicht auf diesem Reitplatz und auch nicht auf dieser Ranch. Ihre Anspannung war selbst auf die Entfernung geradezu greifbar.

Plötzlich ertönte ein entrüstetes Wiehern: Fiesta hatte es endgültig satt, allein in der langweiligen Box festzusitzen, statt draußen bei ihrer Herde zu sein.

Olivia zuckte zusammen und wirbelte herum, als sei hinter ihr eine Bombe explodiert. *Wow*, dachte Belle. Ihr fiel der

Vorfall mit der Lieferwagentür wieder ein. *Sie kommt wirklich nicht mit lauten oder unerwarteten Geräuschen klar!*

Sie wusste, sie sollte schleunigst zu Fiesta laufen, bevor die Stute erneut wieherte. Aber sie konnte ihrer Neugier nicht widerstehen und verfolgte gespannt, wie es auf dem Reitplatz weiterging, wo ihre Mutter gerade auf das Gatter deutete. Ihre Stimme war jetzt etwas lauter, sodass Belle sie besser hören konnte.

»Mach bitte das Tor auf, Olivia«, sagte sie ruhig. »Dann können wir gehen.«

Olivia kämpfte ein wenig mit dem Riegel. Als es ihr schließlich gelang, das Metallgatter zu öffnen, setzte sich Dr. Kate mit Bounty in Bewegung. Olivia riss den Kopf hoch, als der Wallach auf sie zutrat.

»Nein!«, schrie sie. »Halten Sie ihn mir vom Leib!« Ihr blasses Gesicht lief knallrot an und sie ballte die Fäuste, als wäre sie kurz vorm Explodieren. »Ich hab Ihnen doch gesagt, ich mag keine Pferde!«

»Olivia, warte ...«, rief Kate.

Doch es war zu spät. Olivia hatte die Flucht ergriffen und rannte zum Haus.

7

Belle eilte zum Reitplatz. »Ich übernehme Bounty, wenn du ihr nachlaufen willst«, bot sie an.

»Danke.« Ihre Mutter seufzte und übergab ihr den Führstrick, während sie Olivia mit den Augen folgte. »Das war mein Fehler. Ich habe sie zu sehr gedrängt …«

Sie eilte hinter ihrer Patientin her.

Belle streichelte Bounty über die Nüstern, während er neugierig an ihr knabberte. »Braver Junge«, sagte sie. »Vielleicht hat Mom sie wirklich zu sehr gedrängt. Oder Olivia stellt sich einfach ein bisschen an.« Sofort hatte sie ein schlechtes Gewissen – immerhin hatte Olivia fast ihre ganze Familie verloren, und das unter den schrecklichsten Umständen. »Eins steht jedenfalls fest«, fügte sie hinzu und klopfte dem Wallach auf den Hals, »*du* kannst nichts dafür!«

Aus den Boxen oben auf dem Hügel schallte erneut lautes Wiehern. Belle schnalzte mit der Zunge, um Bounty anzutreiben. »Na, komm. Bringen wir Fiesta und dich zu euren Freunden auf die Weide.«

Nachdem sie die beiden Pferde bei der Herde abgeliefert hatte, kehrte Belle zum Haus zurück. Auf der Golden Horse Ranch packte jeder mit an und diesmal war sie mit der allseits unbeliebtesten Aufgabe an der Reihe: dem Ausmisten des Hühnerstalls.

Sie gähnte. Viel lieber wäre sie reingegangen und hätte sich hingelegt. Stattdessen lief sie ums Haus und betrat den abgezäunten Garten. Es war warm und das kühle Blau des Pools glitzerte verlockend in der Sonne. Die Hängematte auf der geräumigen Zedernholzterrasse sah ebenfalls äußerst einladend aus. Doch Belle lief stur daran vorbei zum Hühnerstall am anderen Ende des Gartens, der direkt an den großen Gemüsegarten angrenzte. Auf halber Strecke hörte sie, wie ihre Mutter nach ihr rief.

»Euer Dad fährt zum Futtermittelladen«, erklärte Kate, als Belle sich umdrehte. »Wie wär's, wenn du Olivia fragst, ob sie mit in die Stadt möchte? Ihr könntet zusammen einen Milchshake trinken oder so.«

»Klar, warum nicht?« Belle wusste, dass auch das zum Mitanpacken gehörte. Wenn es darum ging, den Patienten zu helfen, waren alle gefragt. Sie gesellte sich zu ihrer Mutter auf die Terrasse. »Aber die Hühner ...«

»Das können deine Schwestern und ich übernehmen, während du weg bist.« Dr. Kate blickte sich um, als wollte sie sichergehen, dass niemand sie hören konnte. »Ich glaube, es ist wichtig, dass Olivia sich hier erst mal wohlfühlt, bevor wir mit der eigentlichen Therapie weitermachen. Sie reagiert sehr heftig auf unerwartete Geräusche, was die Vermutung nahelegt, dass sie sich mental immer noch in einer Art Schockstarre befindet. Sie braucht die Verbindung zu uns genauso sehr wie die zu den Pferden, daher könnte es helfen, etwas außerhalb der Ranch zu unternehmen.«

»Wäre es dann nicht besser, wenn du mit ihr einen Milchshake trinken gehst?«, fragte Belle.

Ihre Mom schüttelte den Kopf. »Jetzt gerade würde es Olivia eher guttun, sich wieder wie ein ganz normaler Teenager zu fühlen und erst mal Zeit mit euch zu verbringen, bevor wir dazu übergehen, ein Verhältnis zwischen Patientin und Therapeutin aufzubauen. Sie hat einen wirklich dramatischen Einschnitt erlebt, deswegen möchte ich, dass sie sich vorher in ihrer neuen Umgebung einlebt und etwas sicherer wird.«

»Verstehe«, sagte Belle. »Kein Problem. Nach Hope Falls

zu fahren, klingt auf jeden Fall besser, als hinter diesen Drecksspatzen von Hühnern herzuräumen.«

Ihre Mutter lachte. »Dann geh mal nachsehen, ob ihr danach ist. Euer Dad wollte bald los, damit ihr zum Abendessen zurück seid.«

Belle fand Olivia, die in ihr Handy vertieft war, auf der Verandaschaukel vor dem Haus. Sie hatte sich umgezogen und trug anstelle von Grace' Sachen eine frische Leinenbluse und einen modisch gemusterten Rock. Als Belle näher trat, erhaschte sie einen Blick auf Olivias Display. Es zeigte eine lächelnde Frau mit zwei bezaubernden kleinen Jungs.

Ihre Mom und ihre Brüder?, fragte sie sich mit einem Anflug von Traurigkeit. Sie konnte sich nicht vorstellen, wie es sich anfühlen musste, drei Fünftel ihrer Familie zu verlieren.

Olivia sah ruckartig hoch und verdeckte das Handy auf ihrem Schoß. »Äh, hi«, sagte sie.

»Hi.« Belle lächelte sie an. »Dad wollte in die Stadt, um Futter zu besorgen. Hast du Lust mitzufahren? Ich meine, Hope Falls ist nicht gerade eine blühende Metropole, aber es gibt ein paar schöne Läden und *Sams Diner* ist ganz cool. Ich geb dir auch einen Milchshake aus – du hast die Wahl zwischen zwanzig verschiedenen Geschmacksrichtungen.«

Olivia zuckte mit den Schultern und stand auf, wobei sie das Handy in ihre Rocktasche gleiten ließ. »Danke, das klingt sehr nett.«

Schon wieder so eine superhöfliche Antwort, dachte Belle. *Manchmal könnte man fast glauben, sie wäre vierzig und nicht erst vierzehn!*

Auf der Fahrt sprach Olivia nicht viel. Die ersten Minuten verbrachte Ben Beaumont damit, ihr die Geschichte der Ranch zu erzählen. Er fing mit dem schmiedeeisernen Torbogen an, der zwei sich aufbäumende Pferde zeigte. Diese waren den beiden Wallachen Echo und Mistral nachempfunden, die ein Hochzeitsgeschenk von Bens Eltern gewesen waren und bis heute zur Herde gehörten. Danach wechselten Belle und er sich damit ab, Olivia auf die paar Sehenswürdigkeiten hinzuweisen, an denen sie während der rund zwanzigminütigen Fahrt vorbeikamen. Olivia nickte und lächelte und steuerte ab und zu ein Wort bei: Ein altes Haus in der für die Gegend früher typischen Lehmbauweise war »interessant«. Die blühenden Büsche waren »hübsch«. Und als sie einem Nachbarn auf seinem feuerroten Motorrad begegneten, fiel ihr dazu »knallig« ein.

Belle hatte Mühe, dieses besonnene, ungewöhnlich reif wirkende Mädchen mit den panischen Reaktionen auf die zuknallende Fahrzeugtür und Fiestas Wiehern unter einen Hut zu bringen. Wie tief hatte Olivia die traumatischen Erlebnisse wohl in ihrem Inneren vergraben?

Belle kam die Fahrt doppelt so lange wie sonst vor. Nach einer gefühlten Ewigkeit trafen sie endlich in Hope Falls ein.

Ben setzte die beiden Mädchen am Ende der Main Street ab und fuhr dann weiter, um seine Besorgungen zu machen.

»Tja, da wären wir.« Mit einer Handbewegung deutete Belle die Straße entlang, auf der sich über drei Blocks hinweg Läden und andere Geschäftsgebäude aneinanderreihten. »Im Vergleich zu San Luis Obispo macht es vermutlich nicht allzu viel her. Aber dort gibt es ein paar coole Sachen, wenn du reingehen möchtest.« Sie zeigte auf den einzigen Klamottenladen der Stadt.

Olivia warf einen kurzen Blick aufs Schaufenster. »Nein, danke«, sagte sie. »Es sei denn, du möchtest gern. Ich habe genügend Sachen dabei.«

Ja, und vermutlich viel schickere, als du sie hier im kleinen Hope Falls finden würdest, schoss es Belle durch den Kopf. Verstohlen musterte sie das Outfit ihrer Begleiterin. Irgendwie hatte sie das Gefühl, ihren Heimatort verteidigen zu müssen, auch wenn sie ihr Bestes gab, sich das nicht anmerken zu lassen.

»Okay«, sagte sie, unterdrückte ein Gähnen und bemühte sich nach Kräften, munter und gut gelaunt zu klingen. Langsam machte ihr der Schlafmangel wirklich zu schaffen. »Dann lass uns zu *Sams Diner* gehen.«

Sie schlenderten am Postamt, dem Baumarkt und ein paar anderen Geschäften vorbei. Olivia sah kaum hin. Als Belle auf eine Freundin ihrer Mutter traf, die gerade aus dem

Ärztehaus kam, schüttelte Olivia der Frau die Hand, trat dann aber einen Schritt zurück und beteiligte sich mit keinem Wort an der kurzen Unterhaltung. Belle zerbrach sich den Kopf darüber, über was um alles in der Welt sie noch mit ihr reden sollte, als sie die Tür zu *Sams Diner* öffnete und das Glöckchen über ihnen fröhlich bimmelte. Der vertraute Duft von brutzelnden Pommes und fruchtigen Milchshakes schlug ihr entgegen und ihr Magen knurrte laut.

Die Mittagskundschaft war bereits gegangen und bis zum abendlichen Ansturm war es noch etwas hin, daher waren lediglich drei der Tische im Retro-Stil besetzt. Nur eine einzige Person stand vorne am Tresen und wartete auf ihre Bestellung.

»Gemma!«, rief Belle erleichtert, als sie das Mädchen am Tresen erkannte. Vielleicht konnte eine weitere Gesprächspartnerin etwas mehr Schwung in die Sache bringen.

Gemma Willetts war eine von Elodies besten Freundinnen. Sie hatte ihr Pony Cherry auf der Golden Horse Ranch untergestellt und ihren Eltern gehörte der örtliche Futtermittelladen. Ihr älterer Bruder Dean ging in Belles Klasse. Eine kurze Zeit hatte Belle geglaubt, er könnte vielleicht ihr Freund werden. Aber dann hatte sie herausgefunden, dass er sie belogen hatte, und zwar in einem ziemlich schwerwiegenden Fall: Er hatte ein Feuer auf der Ranch verursacht, weil er nachlässig mit seinem Feuerzeug umgegangen war.

Aufgrund seiner Lüge wäre Clark, ein ehemaliger Patient ihrer Mutter, beinahe wegen Brandstiftung angezeigt worden. Das konnte sie Dean nicht verzeihen. Jedes Mal, wenn sie an ihre kurze Beziehung dachte, kam der Ärger wieder in ihr hoch und sie spürte, wie ihre Wangen ganz rot wurden. Um ehrlich zu sein, schämte sie sich ein bisschen.

Das hatte jedoch nichts mit Gemma zu tun, und Belle machte ihr auch keine Vorwürfe. Jetzt gerade war sie sogar mehr als froh, sie zu sehen, denn Gemma war zwar jünger als sie, aber offen und gesprächig und schaffte es, sich mit jedem, dem sie begegnete, binnen kürzester Zeit anzufreunden. Bestimmt konnte sie mit ihrer herzlichen Wärme selbst die Eiskönigin Olivia auftauen.

»Hi, Belle.« Gemma linste an ihr vorbei. »Ist Elodie auch hier?«

»Nein, nur wir beide.« Schnell stellte Belle ihr Olivia vor. Gemma hatte genügend Zeit auf der Ranch verbracht, um über Dr. Kates endlosen Strom an jungen Patienten und Patientinnen Bescheid zu wissen, daher musste Belle ihr nicht erst erklären, wer Olivia war.

»Hi!« Gemma begrüßte Olivia mit ihrem üblichen strahlenden Lächeln. »Willkommen in Hope Falls. Ich mag deinen Rock, der ist echt superschön!«

»Danke.« Ein winziges Lächeln zupfte an Olivias Mundwinkeln, als sie an ihrem Outfit hinabblickte. »Der stammt aus meinem Lieblingsladen in San Luis Obispo. Da komme ich her.«

Belle fiel vor Überraschung fast um. *Wow, Gemma kann echt zaubern!*, dachte sie. *Vielleicht kann sie mir ja helfen, Olivia aus ihrem Schneckenhaus zu locken, oder zumindest dafür sorgen, dass ich mir nicht die nächste Stunde lang krampfhaft überlegen muss, was ich noch sagen kann …*

Sie packte Gemma am Arm. »Hey, hast du Lust auf einen Milchshake mit uns?«, fragte sie, bemüht, sich ihre Verzweiflung nicht anmerken zu lassen. »Geht auf mich. Wir können auch Pommes bestellen, wenn du möchtest.«

Gemmas Augen leuchteten auf. »Danke, Belle!«, rief sie. Sie grinste Olivia an. »Die Pommes hier sind zum Sterben gut!«

Belle zuckte bei der Wortwahl zusammen, doch zum Glück schien sich Olivia nichts dabei zu denken. Kurz darauf saßen sie zu dritt auf einer der rot-weißen Kunstlederbänke und Gemma hatte Olivia in eine geradezu angeregte Unterhaltung über die umfangreiche Auswahl an Milchshake-Geschmacksrichtungen verwickelt.

»Avocadoeis?« Olivia rümpfte die Nase und musterte sie zweifelnd. »Du behauptest zwar, das schmeckt, aber …«

»Komm, probier es aus, bevor du dich entscheidest!« Gemma sprang auf, nahm Olivias Hand und zog sie von der Bank. »Du wirst schon sehen. Das Zeug ist der Hammer.«

Belle sah zu, wie die beiden quer durchs Diner liefen und sich über die Glasscheibe der Eistheke beugten. Olivia lachte über etwas, das Gemma gesagt hatte. Sie wirkte wie ein vollkommen anderer Mensch.

Ist wohl auch kein Wunder, dass sie normalerweise so traurig und distanziert wirkt, rief Belle sich ins Gedächtnis, während sie sich zurücklehnte und herzhaft gähnte. *Nach allem, was sie durchgemacht hat.*

Ihr Handy vibrierte. Sie zog es aus der Tasche und stellte fest, dass sie eine E-Mail von Elite Equine Training Inc., den Sponsoren des Future Champions Camps, bekommen hatte. Einen winzigen Moment schlug ihr Herz schneller, doch als sie die Mail öffnete, entpuppte sich diese lediglich als eine automatisierte Mitteilung darüber, dass die Liste mit den Teilnehmern am Samstag in einer Woche bekannt gegeben werden sollte. Belle wünschte sich sehnlichst, für das renommierte Trainingslager ausgewählt zu werden, aber sie trat nicht annähernd so oft bei Turnieren an wie die meisten ihrer Konkurrenten – zum Beispiel Patrick Lewers – und war sich daher nicht sicher, ob die Mitglieder des Auswahlkomitees überhaupt auf sie aufmerksam geworden waren.

Sie wollte das Handy wieder wegstecken, zögerte dann aber. Irgendwie war sie neugierig, mehr über Olivia zu erfahren. Ihre Mutter hatte wie gewöhnlich nicht viel über ihre Vergangenheit erzählt und normalerweise bohrte Belle dann auch nicht weiter nach. Aber ihr ging nicht aus dem Kopf, wie sehr das Schicksal von Olivias Familie dem ähnelte, was Elodie und ihr in der Sturmnacht beinahe zugestoßen wäre. Belle konnte nicht widerstehen. Vielleicht half es ja, ihre Gedanken zu beruhigen, wenn sie mehr über die Hintergründe herausfand. Sie gab Olivias Namen in die Suchmaschine ein.

Einer der ersten Treffer war ein Zeitungsartikel über die Familientragödie. Belle vergewisserte sich, dass Olivia und Gemma immer noch an der Eistheke standen, dann klickte sie den Artikel an und beugte sich über ihr Handy.

GASEXPLOSION ZERSTÖRT WOHNHAUS: MUTTER UND ZWEI KINDER AUF TRAGISCHE WEISE UMS LEBEN GEKOMMEN lautete die Schlagzeile.

Belle überflog die ersten Absätze, in denen beschrieben wurde, wie Shona Fisher und ihre sechs und neun Jahre alten Söhne bei dem Einsturz getötet worden waren. Weiter hieß es, dass Olivia durch das Fenster ihres Zimmers entkommen konnte und dass ihr Vater zur Zeit des Unglücks nicht zu Hause gewesen war.

Beim Weiterscrollen stieß Belle auf das Foto eines Mannes, der fassungslos vor den Ruinen eines Hauses auf dem Rasen kniete. *Das muss Olivias Dad sein,* dachte sie und fragte sich, wie ihre Eltern wohl ausgesehen hätten, wenn Elodie und sie unter der einstürzenden Scheune begraben worden wären ...

Aber es ging hier nicht um sie, sondern um Olivia. Vielleicht konnte sie ihr helfen, sich besser einzugewöhnen, wenn sie mehr über ihre Vergangenheit wusste. Sie las weiter und erfuhr, dass als Ursache der Explosion schnell eine defekte Gasleitung ausgemacht werden konnte. Eine Nachbarin wurde zitiert, die sagte, es sei ein Wunder, dass Olivia und ihr Vater überlebt hatten, und zugleich eine Tragödie, dass sie als Einzige von dieser wundervollen Familie noch übrig waren.

Die Nachbarin hat recht, dachte Belle. *Olivia und ihr Dad haben nur noch einander. Irgendwie seltsam, dass sie ihn bisher mit keinem Wort erwähnt hat.*

Dann entdeckte sie einen Link zu einem anderen Artikel über die Fishers. Als sie draufklickte, führte er zu einer Meldung aus dem Vorjahr. Olivia hatte den Cupcake-Backwettbewerb auf dem California-Mid-State-Jahrmarkt gewonnen. Ein Foto zeigte sie mit einem Tablett voller liebevoll verzierter Cupcakes. Sie sah glücklich und selbstbewusst aus. Hinter ihr strahlte ihre Mutter stolz übers ganze Gesicht. Sie hatte die gleichen braunen Augen und langen schwarzen Haare und sah Olivia zum Verwechseln ähnlich. Der Anblick des Fotos machte Belle nur noch trauriger. Es war schrecklich, was das arme Mädchen alles verloren hatte.

»Was machst du da?«, kreischte ihr eine Stimme ins Ohr. Vor Schreck ließ Belle beinahe ihr Handy fallen.

8

Als sie aufsah, stand Olivia mit zornesrotem Kopf und zwei Milchshakes in der Hand vor ihr. Sie knallte die Gläser auf den Tisch. Milchschaum schwappte über die Ränder und kleckerte auf die Tischplatte.

»Du hast mich im Internet gesucht? Nicht zu fassen, dass du mir einfach nachspionierst!«, schrie Olivia und wich so hastig zurück, dass sie fast mit Gemma zusammenstieß. »Bist du jetzt glücklich, alles über meine tragische Vergangenheit zu wissen?«

Belle öffnete den Mund, merkte dann aber, dass sie nicht wusste, was sie sagen sollte. »Es tut mir leid«, stammelte sie. »Ich ... ich ...«

Doch Olivia stürmte bereits zum Ausgang. »Ich warte im Auto«, verkündete sie und verschwand. Ihr Tonfall war eisig.

Gemma machte große Augen. »Hoppla. Was war da denn los?«

Belle ließ sich gegen die Rückenlehne fallen. Sie war völlig erschöpft von der durchwachten Nacht. »Ich hab online nach ihrer Familie gesucht. Das darf ich eigentlich nicht.«

Gemma nickte. »Klingt, als hättest du einen wunden Punkt erwischt.«

»Ja.« Mühsam rappelte Belle sich auf. »Sag Sam, er soll die Shakes auf meine Rechnung setzen, okay? Und bestell dir ruhig noch Pommes, wenn du willst. Ich mach mich besser mal auf die Suche nach Olivia.«

Während der Rückfahrt herrschte angespanntes Schweigen. Olivia weigerte sich, mit Belle zu reden oder sie auch nur anzusehen. Belle merkte ihrem Vater an, dass er wusste, dass irgendwas nicht stimmte, aber er fragte zum Glück nicht nach.

Der Truck war kaum zum Stehen gekommen, als Olivia raussprang und zum Haus rannte. Belle folgte in gemäßigterem Tempo. Ihre Beine fühlten sich an wie Blei. Sie trat gerade rechtzeitig ein, um zu hören, wie am anderen Ende des Hauses eine Tür zugeknallt wurde.

Ihre Mutter war in der Küche und half Della und Grace mit dem Abendessen. »War das Olivia?«, fragte sie und wischte sich die Hände an einem Geschirrtuch ab. »Was ist passiert?«

»Ich hab Mist gebaut, das ist passiert.« Belle erzählte ihrer Mutter und den anderen, was vorgefallen war.

Als sie fertig war, seufzte ihre Mutter. »Ach, Belle! Danke für deine Offenheit, aber ich wünschte, du hättest vorher nachgedacht. Olivia fühlt sich auch so schon verletzlich genug, so ganz allein an einem fremden Ort. Durch dich kommt sie sich noch viel mehr wie eine Außenseiterin vor, wie eine Kuriosität, über die geklatscht und getratscht wird.«

Belle wäre am liebsten im Erdboden versunken. Sie musste an den wütenden Ausdruck in Olivias Augen denken. In dem Moment war sie keine traumatisierte Patientin gewesen, sondern eine ganz normale Vierzehnjährige, die nicht wie irgendein Freak aus dem Internet behandelt werden wollte.

Dr. Kate fuhr fort: »Wir beurteilen Menschen nicht nach ihrer Vergangenheit, nach dem, was sie erlebt haben. Das hier soll ein Neuanfang für unsere Patienten sein. Sie kommen als unbeschriebenes Blatt zu uns und erhalten die Möglichkeit, sich zu dem Menschen zu entwickeln, der sie sein wollen.«

»Ich weiß.« Belle hatte das schon eine Million Mal gehört. Warum hatte sie nicht daran gedacht, bevor sie angefangen hatte, in Olivias Vergangenheit zu stöbern? Lag es daran, dass sie so unnatürlich ruhig, beinahe herablassend wirkte, es sei denn, irgendetwas erschreckte sie? »Soll ich mich entschuldigen?«

Dr. Kate warf einen Blick in Richtung von Olivias Zimmer. »Ich glaube, das ist keine gute Idee«, sagte sie. »Halte dich lieber eine Weile von ihr fern.«

»Okay.« Belle wandte sich zum Gehen, hielt dann jedoch noch mal inne. »Etwas Nützliches hab ich aber gefunden. Olivia kann ziemlich gut backen. Vielleicht fällt es ihr ja leichter, sich hier einzugewöhnen, wenn sie Della ab und zu in der Küche hilft?«

»Danke.« Ihre Mutter wechselte einen Blick mit Della. »Eventuell schlage ich ihr das mal vor. Aber nicht jetzt.«

Belle plagte das schlechte Gewissen. Sie fühlte sich rastlos und ging nach draußen auf den Hof, um sich abzulenken. Von dort sah sie Jodie, die in ihrem Jeep davonfuhr und dabei eine Wolke aus goldenem Staub hinter sich herzog. Nachdem das Brummen des Motors in der Ferne verklungen war, wurde es auf dem Hof ganz still. Belle blieb im Schatten der Offenboxen stehen und beobachtete Zephyr und Sulu. Die Stute stand mit gesenktem Kopf und halb geschlossenen Augen da und ruhte ihr verletztes Bein aus. Eine Fliege summte um ihren Kopf. Sie zuckte ein paarmal mit den Ohren und döste dann weiter.

Zephyr hingegen war hellwach und angespannt, als

stünde er kurz vor einem Rennen. Er hielt den Kopf hoch erhoben und seine Halsmuskeln traten unter dem schweißnassen Fell deutlich hervor. Sein Schweif hing starr herab, was ein eindeutiges Zeichen von Stress war, und er trat von einem Bein aufs andere, wobei er tiefe Furchen in der Erde hinterließ.

»Er sieht todunglücklich aus, oder?«, fragte eine Stimme hinter Belle.

Sie zuckte zusammen und fuhr herum. Elodie stand nahe der Offenboxen und machte ein besorgtes Gesicht. »Zephyr braucht noch eine Weile, um zur Ruhe zu kommen«, antwortete Belle. »Er hat eine schlimme Zeit hinter sich.«

Elodie ging auf die Box des Wallachs zu und berührte die Gitterstäbe. »Glaubst du, es war richtig von uns, ihn zu retten?«, flüsterte sie so leise, dass Belle sie kaum hören konnte.

»Was? Natürlich war es das! Wir hätten ihn doch nicht einfach in der Scheune zurücklassen können!« Belle konnte nicht fassen, dass ihre Schwester so etwas fragte.

»Aber er hat solche Angst. Es ist, als wäre er immer noch dadrin gefangen und auf der Suche nach einem Fluchtweg.« Elodie legte die Stirn gegen den obersten Gitterstab. »Was, wenn wir es nur schlimmer gemacht haben? Vielleicht wäre es besser gewesen, wenn wir ihn in Ruhe gelassen hätten und er selbst einen Weg hinausgefunden hätte.«

»Aber das konnte er nicht.« Belle stellte sich neben ihre

Schwester. »Wir haben getan, was wir konnten, und damit haben wir ihm das Leben gerettet. Das muss dir doch klar sein.«

Elodie hob den Kopf und drehte sich zu ihr um. Belle erschrak, als sie die Tränen in ihren Augen sah. »Aber warum hat er dann immer noch solche Angst vor mir? Wenn er weiß, dass ich ihm geholfen habe, müsste er dann nicht froh und dankbar sein, dass er in Sicherheit ist?«

»Ach, El, so funktioniert das aber nicht.« Belle strich ihrer kleinen Schwester über das hellblonde Haar. »Wir müssen ihm Zeit lassen, das Trauma zu überwinden. So wie bei Moms Patienten«, ergänzte sie scherzhaft, in der Hoffnung, Elodie damit ein Lächeln zu entlocken.

Vergeblich. Elodie wandte sich wieder dem unglücklichen Wallach zu. »Ich will doch nur, dass er weiß, dass alles in Ordnung ist und dass ich ihn lieb habe. Und ich möchte, dass es ihm besser geht.«

»Sollen wir mal versuchen, ob er sich von uns striegeln lässt?«, schlug Belle vor. »Es ist sonst nichts los, was ihn ablenken könnte, und Sulus Nähe sollte dazu beitragen, dass er ruhig bleibt.«

Sofort hellte sich Elodies Miene auf. Sie lief in die Sattelkammer und holte eine Putztasche. Behutsam betraten die Schwestern Zephyrs Box und schlossen die Tür hinter sich. Zephyr, der mit dem Rücken zu ihnen stand, erstarrte.

Ein Ohr zuckte in ihre Richtung und seine Muskeln zitterten vor Anspannung.

»Ist schon gut, Junge, wir wollen dich bloß ein bisschen hübsch machen«, sagte Elodie sanft. Sie trat einen Schritt vor und hielt eine Bürste mit kurzen weichen Borsten hoch. »Guck, davor musst du dich nicht fürchten.«

Doch Zephyr versteifte am ganzen Körper. Ehe Elodie ihn berühren konnte, flüchtete er ans andere Ende der Box und presste sich schnaubend gegen die Stäbe.

»Hab keine Angst!«, flehte Elodie. Belle konnte in ihrer Stimme hören, dass sie den Tränen nahe war. »Wir sind deine Freunde. Wir haben dich gerettet, erinnerst du dich?«

»Nicht bewegen«, ermahnte Belle ihre Schwester leise. »Er soll sich erst mal daran gewöhnen, dass wir hier drin sind.«

Die Mädchen hielten den Atem an und beobachteten, wie Zephyr sich ein winziges bisschen entspannte. Er schnaubte erneut, dann reckte er den Kopf in ihre Richtung. Elodie stand still wie eine Statue, die Bürste immer noch in der erhobenen Hand. Neugierig trat Zephyr einen Schritt vor und schnupperte daran.

»Guter Junge«, flüsterte Elodie. »Genau so.«

Zephyr wagte sich noch etwas näher heran und musterte sie argwöhnisch. Belle konnte das Weiße in seinen Augen sehen. Ganz langsam bewegte Elodie die Bürste auf ihn zu, bis die Borsten sein staubiges, mit Schweißflecken bedecktes Fell berührten. Zephyrs Haut zuckte, doch er blieb, wo er war. Elodie strich ihm sanft mit der Bürste über die Schulter. »So ein tapferer Kerl«, lobte sie ihn.

Plötzlich knallte im Haus eine Tür zu und jemand kam nach draußen. Zephyr sprang erschrocken zurück und trat mit einem Hinterbein aus. Belle packte Elodie gerade noch rechtzeitig am Arm und riss sie beiseite. Mit der anderen Hand öffnete sie die Tür und zog sie aus der Box. Zephyr kam schlitternd am anderen Ende zum Stehen und schnaubte.

»Ich glaube, das reicht für heute«, sagte Belle zu Elodie. »Du hast das wirklich gut gemacht. Er braucht bloß noch etwas Zeit, das ist alles.«

Elodie senkte den Blick und strich mit den Fingern über die Bürste. »Er fürchtet sich vor mir«, erwiderte sie traurig. »Ich weiß nicht, wie ich das jemals ändern soll.«

»Er fürchtet sich vor allem«, stellte Belle klar. »Was er in der Scheune durchgemacht hat, war wirklich schlimm. Wir wissen das, schließlich waren wir dabei.«

Sie hörte auf zu reden, weil ihre Mutter schnurstracks auf sie zukam

»Hey, Mädels, alles in Ordnung?« Kate entdeckte die Bürste in Elodies Hand. »Habt ihr Zeph geputzt?«

»Ich hab's versucht, aber er wollte mich nicht an sich ranlassen«, antwortete Elodie.

»Der Arme, er ist wohl immer noch traumatisiert«, sagte ihre Mom. »Gib ihm etwas Zeit und Raum. Bald kann er zurück zu den Cortez, da findet er bestimmt mehr Ruhe. Wahrscheinlich vermisst er den Rest der Herde.«

Belle warf ihrer Schwester einen verstohlenen Blick zu. Sie hatte das Gefühl, dass Elodie nicht wollte, dass Zephyr zu seiner Herde zurückkehrte. Elodie wollte eine Verbindung zu ihm aufbauen, ihm helfen, seine Ängste zu überwinden und zu begreifen, dass sie ihn gerettet hatte. Aber um ihrer Mutter zu erklären, wie wichtig Zephyr für Elodie war, musste Belle ihr erzählen, was in der Sturmnacht wirklich passiert war, und das ging auf keinen Fall. Belle seufzte. Vielleicht entspannte sich Zephyr ja noch etwas, bevor er nach Hause zurückkehrte, sodass Elodie die Chance hatte, mehr Zeit mit ihm zu verbringen.

»Das Abendessen ist gleich fertig«, sagte Kate, während sie Sulus Wassereimer auffüllte. »Geht schon mal rein und macht euch frisch.«

Sie vergewisserte sich, dass Zephyrs Eimer noch voll war, und machte sich auf den Rückweg zum Haus. »Na los!«

Belle nahm Elodies Hand. »Wir kommen gleich!«, rief sie und drückte Elodies Finger aufmunternd. Wie es aussah, hatten Zephyr und sie noch einen langen Weg vor sich, bevor sie die Sturmnacht hinter sich lassen konnten.

9

Beim Abendessen war Olivia sogar noch stiller als am Morgen. Auf Fragen antwortete sie kurz und knapp, ohne von ihrem Teller aufzusehen. Belle fiel auf, dass sie bloß im Essen rumstocherte und Dellas fantastisches Hühnchen kaum anrührte. War das ihre Schuld?

Wahrscheinlich, dachte sie. Ihr schlechtes Gewissen meldete sich noch nachdrücklicher zu Wort, doch sie war zu müde, um sich damit zu beschäftigen. Alles, woran sie denken konnte, war, in ihr kühles, weiches Bett zu krabbeln und die letzten vierundzwanzig Stunden zu vergessen.

Kaum war die Mahlzeit vorüber, zog Olivia sich auch schon wieder in ihr Zimmer zurück. Belle erhob sich und griff nach ihrem Teller, während sie mühsam ein Gähnen unterdrückte.

Della sprang auf und nahm Belle den Teller aus den Händen. »Ich mach das schon«, sagte sie. »Ihr habt einen langen Tag und eine noch längere Nacht hinter euch. Geht schlafen, ich kümmere mich um den Abwasch.«

Jorge und Jodie boten Della ihre Hilfe an und zu dritt scheuchten sie die Beaumonts gegen Kates und Bens Protest ins Bett. Belle versuchte gar nicht erst, sich zu widersetzen.

»Danke, Della«, sagte sie mit einem müden Lächeln. »Du bist die Beste.«

Wenige Augenblicke später war sie in ihrem Zimmer und schälte sich aus ihren Klamotten. Sie spielte mit dem Gedanken, vor dem Schlafengehen zu duschen. Doch als sie den Kopf in den Flur hinaussteckte, hörte sie hinter der Tür im Badezimmer, das sie sich mit ihren Schwestern teilte, Wasser rauschen.

Tja, da war wohl jemand schneller als ich, dachte sie und gähnte so ausgiebig, dass sie insgeheim fürchtete, sie könnte sich den Unterkiefer ausrenken. *Dann dusche ich eben morgen früh.*

Sie schlüpfte gerade in ihren Schlafanzug, als ihr Handy vibrierte. Zu ihrer Überraschung war es eine Nachricht von Patrick, der sich erkundigte, wie ihr Tag gewesen war. Belle schnitt eine Grimasse. Wie sollte sie die Frage bloß beantworten? Sie ließ sich auf die Bettkante sinken und schickte ihm ein Emoji, das sich die Hände vors Gesicht hielt.

Was denn jetzt schon wieder???, schrieb Patrick ihr sofort zurück.

Hab's mit Moms Patientin verbockt, erwiderte sie. *Heißt: nicht geschlafen + schlechtes Gewissen. Uff.*

Seine Antwort ließ nicht lange auf sich warten: *So ein Mist. Wie wär's mit einem Ausritt am Strand morgen, bei dem du dir alles von der Seele reden kannst? Dad wollte nach Santa Barbara und könnte mich unterwegs absetzen. Darcy kann ich zwar nicht mitbringen, aber ihr habt bestimmt Ersatz für mich, oder?*

Belle blinzelte überrumpelt. Für einen Moment war ihre Erschöpfung vergessen. »Bisschen arrogant, hm?«, murmelte sie und verdrehte die Augen. Sie wollte zurückschreiben, dass die Golden Horse Ranch kein Ponyhof war, wo jeder einfach reinschneien und sich ein Pferd ausleihen konnte, wie es ihm gefiel.

Doch sie war zu müde für eine schnippische Antwort und außerdem war Patrick nun wahrlich kein blutiger Anfänger, wenn es ums Reiten ging. Vielleicht war es ja gar keine schlechte Idee, morgen mal etwas ganz anderes zu machen. Möglicherweise half ihr das, über den Einsturz der Scheune hinwegzukommen. Und es würde sie zumindest von Olivia fernhalten, was nach dem heutigen Desaster sicher nicht verkehrt war.

Klar, warum nicht?, schrieb sie.

Super!, antwortete er wie aus der Pistole geschossen. *Bin so gegen halb zehn da!*

Belle betrachtete verdattert ihr Handy. Wenn Patrick tatsächlich versuchte, ihr Trainingsprogramm auszuspionieren, war er echt wild entschlossen. Oder war er doch daran interessiert, sie persönlich besser kennenzulernen? Das kam dann jedenfalls aus heiterem Himmel.

Belle gähnte erneut. Sie war viel zu müde, um sich Gedanken darüber zu machen. Sie schlug die Decke zurück, kroch ins Bett und schlief auf der Stelle ein.

Etwas später wurde sie von irgendetwas wach. Sie fühlte sich desorientiert und benommen. In ihrem Zimmer war es dunkel. Was hatte sie so plötzlich aus dem Schlaf gerissen?

In dem Moment ertönte irgendwo im Haus ein markerschütternder Schrei. Belle fuhr hoch. Draußen eilten Schritte durch den Flur.

Sie sprang aus dem Bett und öffnete gerade rechtzeitig die Tür, um zu sehen, wir ihre Mutter im Wohnzimmer verschwand. Belle tappte barfuß hinter ihr her.

Kurz darauf war Grace neben ihr. »Das war Olivia, oder?«, flüsterte sie.

»Ich denke schon.« Belle hielt am Ende des Flurs inne und

spähte durch den abgedunkelten Raum. Auf der anderen Seite befanden sich zwei kleine, aber gemütliche Gästezimmer. Die Patienten und Patientinnen ihrer Mutter wohnten immer bei der Familie im Haus statt in einem der Nebengebäude, wo die anderen Gäste der Ranch untergebracht wurden, zum Beispiel Teilnehmer an Dellas Kochkursen oder Studierende, die Kates Therapiemethoden lernen wollten. Belle und Grace konnten gedämpfte Stimmen hören. Wie es schien, hatte ihre Mutter die Tür zu Olivias Zimmer offen gelassen.

»Ist schon gut«, sagte Kate beruhigend. »Du bist auf der Golden Horse Ranch und in Sicherheit. Alle hier sind in Sicherheit.«

Olivias Antwort war zu leise, um etwas zu verstehen, aber ihr Tonfall verriet, wie aufgewühlt und durcheinander sie war. Belle und Grace wechselten einen besorgten Blick.

»Klar darfst du wegen deiner Albträume wütend sein«, erwiderte ihre Mutter. »Eigentlich ist das sogar ein gutes Zeichen, denn es zeigt, dass du weißt, dass du etwas Besseres verdienst. Dass du es verdienst, frei von Albträumen zu sein.«

Diesmal versuchte Belle gar nicht erst zu verstehen, was Olivia sagte. Sie war vom emotionalen Auf und Ab des vergangenen Tages fix und fertig und konnte es kaum erwarten, dass Schlaf diese Gefühle wieder zum Verstummen brachte.

»Komm.« Sie nahm Grace behutsam bei der Hand und zog sie mit sich. »Mom hat alles im Griff. Gehen wir zurück ins Bett.«

Belle erwachte spät am nächsten Morgen, erholt, aber auch seltsam angespannt. Sie gähnte und stand auf, während sie zu begreifen versuchte, warum sie sich so fühlte.

Dann fiel ihr alles wieder ein. Der Einsturz der Scheune und das schreckliche Geheimnis, das sie seitdem mit sich rumtrug, weil niemand erfahren durfte, dass Elodie und sie dabei beinahe ums Leben gekommen wären. Die Auseinandersetzung mit Olivia im Diner und Olivias nächtliche Schreie.

Belle schauderte und wünschte sich, es gäbe eine Möglichkeit, den Teil ihres Gehirns abzuschalten, der darauf bestand, die fürchterlichen Ereignisse auf der Ranch der Cortez wieder und wieder abzuspielen. Elodie und sie waren in Sicherheit, die Pferde hatten es alle hinausgeschafft und der einzige Schaden, der entstanden war, war die kaputte Scheune. Und die konnte man wieder aufbauen. Sie griff nach ihrem Handy, um auf die Uhr zu sehen, als ihr plötzlich noch etwas in den Sinn kam.

Patrick. Sie las sich seine letzte Nachricht noch einmal

durch, um sicherzugehen, dass sie auch wirklich alles richtig in Erinnerung hatte. Warum hatte sie Ja gesagt, als er sich für heute eingeladen hatte? Sie wusste doch immer noch nicht, was er damit bezwecken wollte.

Versucht er ernsthaft, die Konkurrenz auszuspionieren?, fragte sie sich, während sie das Handy aufs Bett fallen ließ und ins Bad auf der anderen Seite des Flures ging. *Oder schlimmer noch: Glaubt er, ich könnte die Nächste in seiner wer weiß wie langen Reihe romantischer Eroberungen werden?*

Minutenlang stand sie unter der heißen Dusche und grübelte. Sie hatte keine Ahnung, wie viele Freundinnen Patrick schon gehabt hatte, aber sie tippte darauf, dass es viele waren. Er sah gut aus, war aufgeschlossen und war es gewohnt zu gewinnen.

Es gab allerdings noch ein anderes Problem, dämmerte es Belle nun, da sie nicht mehr zu müde war, um klar zu denken. Sie hatte Ja gesagt, ohne ihre Eltern um Erlaubnis zu bitten. Das war generell nicht so günstig – die Ranch war nicht nur ihr Zuhause, sondern auch die Arbeitsstätte ihrer Eltern, weswegen nicht einfach wildfremde Leute nach Belieben hier auftauchen konnten –, aber jetzt gerade noch weniger. Belle versuchte weiterhin zu beweisen, dass sie vernünftig und verantwortungsvoll sein konnte, wenn es um ihr Privatleben ging. Es war schließlich noch nicht lange her, dass sie in Schwierigkeiten geraten war, weil sie sich rausgeschlichen hatte, um sich heimlich mit Dean Willetts zu treffen.

Sie schämte und ärgerte sich immer noch, wenn sie daran dachte. Sie hätte sich niemals von Dean überreden lassen dürfen, etwas zu tun, von dem sie wusste, dass es nicht richtig war. Und doch hatte sie sich schon wieder von einem Jungen zu etwas breitschlagen lassen, von dem sie zumindest nicht wusste, was sie davon halten sollte.

Sie trat aus der Dusche, sah auf die Uhr und verzog das Gesicht. Absagen konnte sie nicht mehr. Patrick und sein Dad waren wahrscheinlich schon unterwegs. Sie musste ihre Eltern finden, und zwar schnell.

Hastig zog sie sich an und lief ins Wohnzimmer, wo Grace auf der Couch lag und ein Buch las. »Della hat dir was vom Frühstück übrig gelassen«, sagte Grace und setzte sich auf. »Die anderen wollten dich nicht wecken.«

»Ja, ich war echt erschlagen. Kann mich nicht erinnern, wann ich das letzte Mal so lange geschlafen hab.« Belle fischte ein frisch gebackenes Brötchen aus dem Korb auf der Kücheninsel. »Wo sind Mom und Dad?«

»Dad und Jorge arbeiten an einem der Windräder. Mom ist draußen bei den Pferden. Ich glaube, sie wartet darauf, dass Olivia sich umzieht. Sie hatte ein Kleid zum Frühstück an, aber Mom will mit ihr wieder raus auf den Hof.«

»Danke.« Belle eilte nach draußen und schlang ihr Brötchen mit zwei Happen runter. Als sie die Ställe erreichte, fand sie Elodie, die Jodie beim Ausmisten von Zephyrs Box half, doch von Kate war weit und breit nichts zu sehen.

»Wie geht's Zephyr heute?«, erkundigte sie sich beiläufig und beobachtete dabei das Gesicht ihrer Schwester.

»Immer noch ziemlich angespannt«, antwortete Jodie, die gerade mit der Schubkarre aus der Box kam. »Aber wir geben ihm genügend Raum, nicht wahr, Elodie?«

Elodie nickte, ohne von dem Wassereimer aufzublicken, den sie gerade befüllte. Zephyr stand auf der anderen Seite der Box und beäugte sie misstrauisch. Wirkte er schon etwas gelassener? Belle konnte es nicht abschätzen. Aber es war ziemlich offensichtlich, wie unglücklich Elodie darüber war, dass sie immer noch keine Verbindung zu dem jungen Wallach aufbauen konnte. Vielleicht konnten sie später noch mal versuchen, ihn zu striegeln.

Sie winkte Elodie zu und lief weiter zur kleinen Koppel.

Ihre Mutter stand direkt hinter dem Gatter. Ganz in der Nähe graste die Herde ruhig und friedlich in der Vormittagssonne. Kate hatte Echo, einem der beiden einundzwanzigjährigen Palominos, denen die Ranch ihren Namen verdankte, ein Halfter übergestreift und drehte mit ihm kleine Kreise. Zwei weitere Wallache, Bounty und Spartacus, waren am Zaun angebunden.

»Ist mit Echo alles in Ordnung?«, rief Belle.

Kate nickte, ohne die Hinterläufe des großen Pferdes aus den Augen zu lassen. »Ich glaube schon. Jodie meinte, er hätte gestern nach dem Wälzen ein bisschen Mühe beim Aufstehen gehabt, deswegen wollte ich sichergehen, dass seine Sprunggelenke nicht steif geworden sind. Er kommt langsam in ein Alter, in dem sich die ersten Anzeichen von Arthritis bemerkbar machen können. Aber soweit ich das sehe, geht es ihm gut.«

Belle stellte sich ans Gatter und legte die Hände darauf. Sie spürte, wie ihr Herz unter ihrem Langarmshirt pochte. »Ich muss mit dir reden, Mom.«

Kate brachte Echo zum Stehen und drehte sich über die Schulter zu ihr um. »Hast du Olivia gesehen?«

»Nein. Grace hat gesagt, sie zieht sich um.« Belle holte tief Luft. »Aber jetzt hör mal, es ist wichtig ...« Sie schilderte ihrer Mutter kurz und knapp ihre Unterhaltung mit Patrick.

Ihre Mutter blinzelte. Nun erst schien nach und nach zu ihr durchzudringen, was Belle von ihr wollte. »Er kommt heute hierher?«, wiederholte sie. »Ich wünschte, du hättest uns vorher gefragt.«

»Ja, ich auch.« Belle biss sich auf die Lippe. Insgeheim verfluchte sie Patrick, weil er so aufdringlich gewesen war. »Tut mir leid. Ich kann versuchen, ihn anzurufen, aber er wohnt in San Luis Obispo und ist bestimmt schon auf dem Weg.«

»Nein, ist schon gut. Gib ihm bloß ein anderes Pferd zum Reiten als diese beiden.« Sie deutete mit einem Nicken auf die angebundenen Wallache. »Kann sein, dass ich sie nachher für Olivias Sitzung brauche.«

Bevor Belle nachfragen konnte, was ihre Mom für den heutigen Tag geplant hatte, sah Kate an ihr vorbei und winkte. »Guten Morgen, Olivia«, rief sie.

Olivia schlurfte mit hängenden Schultern auf sie zu. Sie trug wieder eine von Grace' Jeans, schien sich darin aber nicht so richtig wohlzufühlen. Ihr Gesicht war zur Hälfte von einem Vorhang aus ordentlich gekämmten, schimmernden Haaren verdeckt.

»Hi«, sagte sie und bedachte Belle mit einem feindseligen Blick. Dann wandte sie sich Kate zu und verzog das Gesicht. »Ich geh aber nicht zu den Pferden rein.«

»Keine Sorge.« Dr. Kate streifte Echo das Halfter ab. »Belle, kannst du bitte die anderen beiden für mich losmachen? Olivia, ich dachte, wir drehen eine kleine Runde im Pick-up, damit du ein bisschen was von der Ranch zu sehen bekommst. Wie klingt das?«

Olivia zuckte mit den Schultern. Die Emotionen, die sie gerade noch gezeigt hatte, verschwanden hinter ihrer gewohnt höflichen Fassade. »Klingt gut.«

Die beiden gingen zu der geräumigen Holzscheune hinter den Offenboxen, die ursprünglich errichtet worden war, um weitere Tiere darin unterzubringen, nun aber den großen Pick-up-Truck und weitere Ausrüstung beherbergte. Belle betrat die Koppel und nahm Bounty und Spartacus die Halfter ab, damit sie zur Herde zurückkehren konnten. »Mom braucht euch vielleicht später noch, also entfernt euch nicht zu weit«, scherzte sie.

Bounty blieb noch einen Moment, wo er war, und Belle rieb ihm den Hals. Kurz darauf hörte sie das Brummen eines näher kommenden Motors.

Als sie sich umdrehte, erblickte sie einen riesigen silberfarbenen SUV, der die Auffahrt entlangrollte. Der Wagen hielt an und Patrick Lewers sprang vom Beifahrersitz. Belles Magen schlug einen Purzelbaum. *Er ist schon da!*

10

»War ja klar, dass er in so einer fetten, glänzenden Protzkarre hier vorfährt«, raunte Belle Bounty ins Ohr. Sie gab dem freundlichen Wallach zum Abschied einen Klaps, dann verließ sie die Koppel und ging Patrick entgegen, wobei sie versuchte, das mulmige Gefühl in ihrem Bauch zu ignorieren. Was, wenn dieser spontane Besuch eine wirklich miese Idee war?

Als sie den Wagen erreichte, stand bereits ein großer, gut aussehender Mann daneben. Dem sonnengebleichten Haar und den graublauen Augen nach zu urteilen, musste es sich um Mr Lewers handeln. Er lächelte, als Patrick ihm Belle vorstellte.

»Ja, ich hab dich schon bei einigen Turnieren gesehen, Belle«, sagte Mr Lewers und schüttelte ihr fest die Hand.

»Du hast meinem Jungen ganz schön Beine gemacht.« Er schmunzelte und warf einen Blick auf seine teuer aussehende Uhr. »Aber jetzt sollte ich meine besser in die Hand nehmen. Viel Spaß, ihr zwei!«

Und schon rumpelte der SUV die gewundene, staubige Auffahrt entlang und verschwand. Ehe sie sich's versah, war Belle mit Patrick allein – und wusste nicht so recht, was sie mit ihm anfangen sollte. Insgeheim hasste sie ihn ein bisschen dafür, dass er sie in diese Situation gebracht hatte. Glaubte er, sie hatte nichts Besseres zu tun, als Leute zu bespaßen, die sich spontan selbst eingeladen hatten?

»Wie wär's mit einer Führung?«, schlug Patrick gut gelaunt vor. Er schien ihre finstere Stimmung nicht zu bemerken. »Nach allem, was ich bisher gesehen habe, ist diese Ranch der absolute Hammer! Du hast so ein Glück, hier zu leben.«

Damit schaffte er es, ihr ein winziges bisschen von ihrem Widerwillen zu nehmen. Aber wirklich nur ein winziges bisschen.

Er ist bestimmt so ein Typ, der immer genau das Richtige sagt, ermahnte sie sich. *Aalglatt, aber alles andere als aufrichtig. Genau wie Dean Willetts. Fall nicht wieder darauf rein.*

»Danke«, sagte sie. »Und klar, ich führ dich auf dem Weg zur Sattelkammer gern ein bisschen rum. Da holen wir uns die Halfter und dann fangen wir unsere Pferde ein. Das müssen wir hier nämlich selbst machen. Hier gibt es kein Personal, das einem das abnimmt, wie in so schicken Turnierställen.« Belle wusste, dass sie schnippisch klang, aber sie konnte nicht anders. Sie hatte plötzlich das Gefühl, ihre geliebte Ranch vor Patrick verteidigen zu müssen, weil sie keine Unmengen an Angestellten beschäftigten.

»Dann mal los.« Patrick grinste. »Ich hoffe, ich weiß noch, wie man ein Halfter anlegt.«

Belle rang sich ein Lächeln ab und führte ihn zwischen den beiden Reitplätzen hindurch zu den Offenboxen. Als Patrick sich nach den Hindernissen erkundigte, die auf einem der Plätze aufgebaut waren, erklärte sie ihm, was ihre Mutter beruflich machte und dass sie die Hindernisse für die sogenannte Lebensreise nutzte. Das war eine äußerst wichtige Übung, die sie mit den meisten ihrer Patienten durchführte, damit sie lernen konnten, mit dem Pferd, das sie sich ausgesucht hatten, zu kommunizieren und eine Bindung zu entwickeln.

»Wow, das klingt unglaublich«, sagte Patrick. »Da würde ich gern mal zuschauen.«

Belle konnte sich nur mit Mühe davon abhalten, die Augen zu verdrehen. Er versuchte schon wieder, sich irgendwo einzuladen. »Mom mag dabei kein Publikum«, erwiderte sie etwas zu schroff.

»Ach so, klar.« Patrick warf ihr einen kurzen Seitenblick

zu. »Und die Patienten wollen sicher auch nicht das Gefühl haben, sie wären eine Zirkusnummer. Kann ich verstehen.«

Sie erklommen die sanfte Steigung zum Offenstall. Elodie stand vor Zephyrs Box und redete mit leiser Stimme auf den Wallach ein, der sie misstrauisch aus einigen Metern Abstand beäugte. *Immerhin presst er sich nicht mehr in die hinterste Ecke*, dachte Belle. *Das ist doch schon mal eine Verbesserung, oder?*

»Hübsches Pferd«, befand Patrick und blieb stehen, um sich Zephyr genauer anzusehen. »Klein, aber außerordentlich gut gebaut.« In dem Moment streckte Elodie, die so auf den Wallach konzentriert war, dass sie sie nicht bemerkte, die Hand über den Zaun. Zephyr wich schnaubend zurück und schüttelte den Kopf. Elodie ließ die Schultern hängen.

»Wirkt allerdings ein bisschen schreckhaft«, fügte Patrick hinzu.

»Das ist Zephyr«, erklärte Belle ein wenig gekränkt. Vielleicht war der junge Braune nicht ganz so ruhig und wohlerzogen wie die Pferde, die Patrick gewohnt war, aber er hatte auch allen Grund dazu. »Er ist erst seit gestern hier. Das ist der Wallach, den meine Schwester und ich gerettet haben.«

»Aus der einstürzenden Scheune?« Patrick pfiff anerkennend. »Wow, was für ein Glückspilz! Kein Wunder, dass er so schreckhaft ist. Das muss wirklich beängstigend für ihn gewesen sein.«

»Ja.« Belle versuchte, nicht daran zurückzudenken. In manchen Momenten wusste sie genau, wie Zephyr sich fühlen musste. Sie fragte sich, ob sie alle drei von Albträumen geplagt wurden.

Patrick sah zu ihr rüber. »Und für dich bestimmt auch«, ergänzte er sachte.

Belle zuckte mit den Schultern und wich seinem Blick aus. Sie hatte ihm das mit der Scheune anvertraut, weil sie sich einigermaßen sicher damit gefühlt hatte. Er war bloß ein entfernter Bekannter, den sie selten zu Gesicht bekam. Doch nun war er plötzlich hier und direkt vor ihr. Er war nett und sagte immer genau das Richtige, aber das bedeutete nicht, dass sie ihm vertrauen konnte. Außerdem mochte sie sich lieber gar nicht ausmalen, was passieren würde, wenn ihre Mom zufällig eine Bemerkung von ihm mitbekam, aus der hervorging, was in der Sturmnacht wirklich vorgefallen war.

Sie holten sich Halfter aus der Sattelkammer und liefen weiter zur Koppel. Belle pfiff Fiesta herbei, die sofort angetrabt kam. Dann suchte sie den Rest der Herde nach einem geeigneten Pferd für Patrick ab.

»Wie wär's, wenn du Java nimmst?«, schlug sie vor. »Das ist der große Dunkelfuchs da drüben. Er kann manchmal ein bisschen bockig sein, aber sein Galopp ist ein Traum und er beherrscht sowohl Western als auch Englisch. Denkst du, du kommst mit ihm klar?«

»Das werden wir dann wohl sehen«, erwiderte Patrick gut gelaunt. Während er auf Java zuging, sprach er in sanftem Tonfall mit ihm und hatte dem langbeinigen Wallach im Nu das Halfter übergestreift. »Erzähl mir mehr über ihn. Er scheint leichte Berührungen zu bevorzugen. Gilt das auch fürs Reiten?«

»Ja.« Insgeheim war Belle beeindruckt, wie schnell Patrick den Charakter des Pferdes erkannt hatte. »Er reagiert sehr sensibel auf Hilfen und mag keinen starken Druck im Maul.«

Beim Satteln stellte Patrick noch weitere Fragen. Belle nahm ihren gewohnten Springsattel für Fiesta und gab Patrick einen englischen Vielseitigkeitssattel für Java. Als Patrick den Gurt festzog, kam Jodie vorbei.

»Freut mich, dich kennenzulernen«, sagte sie lächelnd, als Belle sie einander vorstellte. »Ich hoffe, du weißt, womit du es zu tun hast. Der Wildfang hat es faustdick hinter den Ohren.«

»Belle?«, scherzte Patrick. »Ich weiß.« Dann grinste er und klopfte Java auf den Hals. »Aber im Ernst: Ich mag es, verschiedene Pferde zu reiten. Sie zeigen einem sehr genau, was man falsch macht. Ich freue mich darauf, von Java zu lernen.«

Jodie schmunzelte. »Na, dann viel Spaß euch beiden!«

Wenig später ritten Belle und Patrick in gemächlichem Tempo den Pfad entlang, der am Haus vorbei- und einen spärlich mit Zwergeichen und Bärentrauben bewachsenen

Hügel hinaufführte. Java war anfangs ziemlich unruhig, schüttelte immer wieder den Kopf und tänzelte nervös, doch Patrick hatte ihn problemlos im Griff und brachte ihn in einen entspannten Schritt zurück. Fiesta schien glücklich zu sein, einen Kumpel aus der Herde dabeizuhaben, und marschierte mit aufgestellten Ohren voran.

»Komm mit«, sagte Belle und lenkte ihre Stute auf einem kleineren Trampelpfad bergab. »Hier geht's zum Strand.«

Die Pferde bahnten sich einen Weg den felsigen Hang hinab. Von dort ging es durch ein Pappelwäldchen, wo der Pfad langsam abflachte und sandigerem Untergrund wich. Sofort wurde Fiesta munter und legte einen Zahn zu.

»Hier traben wir normalerweise, weil der Boden weich und eben ist«, rief Belle Patrick über die Schulter zu. »Wie sieht's aus?«

Patrick nahm die Zügel auf. »Bereit, wenn du es bist.«

In lockerem Trab folgten sie dem Pfad, der sich unter ihnen dahinschlängelte. Die Hufschläge ihrer Pferde trommelten rhythmisch über den festen Sandboden und hallten von den Stämmen der Pappeln wider. Fiesta wirkte frisch und aufgeweckt und Belle spürte, wie ihre eigene Anspannung nachließ. Vielleicht war Patricks Besuch ja doch gar nicht so schlecht. Wenigstens half er ihr, sich eine Zeit lang von anderen Dingen abzulenken – dem Sturm, Olivia, der Auswahl für das Reitercamp.

Als sie um eine Kurve bogen, erspähte Belle einen umgestürzten Baum, der quer über dem Weg lag. Der Stamm war sonnengebleicht und glatt, ohne hervorstehende Äste, und erinnerte mit seinen rund achtzig Zentimetern Höhe an ein Hindernis beim Querfeldeinritt. Belle juckte es in den Fingern.

»Lust auf einen kleinen Sprung?«, rief sie.

»Aber so was von!«, antwortete Patrick. »Ich will sehen, was der Junge draufhat.«

Belle trieb Fiesta an. Die Stute beschleunigte zum Galopp und richtete die Ohren zum Stamm aus. Belle spürte, wie sie unter ihr das Gewicht verlagerte, bevor sie absprang und mühelos über das Hindernis segelte.

Nachdem sie gelandet waren, blickte sich Belle nach Patrick um. Er trieb Java zu einem runden, federnden Galopp an und der groß gewachsene Wallach überwand das Hindernis mit gehörigem Abstand. Bei der Landung schnaubte Java, senkte den Kopf und trat übermütig nach hinten aus. Belle duckte sich unwillkürlich und fragte sich, ob sie ihrem Besucher nicht doch ein leichter zu handhabendes Pferd hätte geben sollen.

Doch Patrick lachte bloß und trieb den Wallach weiter an. »Da ist offenbar jemand stolz auf sich«, rief er Belle zu. »Er ist ein ziemlicher Angeber – genau wie ich!«

Belle konnte nicht anders, als mitzulachen. Sie war nicht

überrascht, dass Patrick mit einem verspielten Pferd umgehen konnte. Aber sie war froh, dass ihm Javas Eigenheiten sogar Spaß zu machen schienen.

»Wir sind fast am Strand«, sagte sie schließlich und zügelte Fiesta. »Lassen wir sie ein bisschen durchatmen. Der Untergrund wird gleich wieder schwieriger.«

Das restliche Stück durch den Pappelwald ritten sie wieder im Schritt. Furchen durchzogen den Pfad und hier und da lagen größere Steine herum. Belle schielte zu Patrick hinüber, der locker im Sattel saß und Java gerade genug Zügel gab, damit er sich seinen Weg selbst suchen konnte, ohne dabei aus dem Tritt zu kommen. Fiesta hatte dank ihrer kürzeren Beine deutlich weniger Schwierigkeiten, den Steinen auszuweichen.

Bald darauf erreichten sie den Rand einer mit leuchtendem Queller bewachsenen Salzwiese. Gleich dahinter lag der Strand mit seiner felsigen Küstenlinie und der wilden, unberechenbaren Brandung. Den weichen Sand und die gleichmäßig hereinrollenden, schaumgekrönten Wellen der typischen kalifornischen Surferstrände suchte man hier vergebens. Das hier war ein lärmender, wind- und wetterumtoster Teil des Ozeans, der sich selbst in seinen ruhigsten Momenten nicht zum Schwimmen eignete.

»Nicht gerade Pismo Beach, was?«, bemerkte Patrick, während er auf den Pazifik hinausblickte. Er kniff die Augen zusammen, um sie vor dem feinen Sprühnebel aus Salzwasser zu schützen, den ihnen der Wind ins Gesicht blies. Die Pferde schnaubten und warfen die Köpfe zurück.

»Nein. Aber uns gefällt das.« Da war es wieder, das Gefühl, sich verteidigen zu müssen.

»Entspann dich.« Patrick lächelte. »War nur Spaß, ich find's umwerfend. Ist mir tausendmal lieber als so ein langweiliger Sandstrand, wo alle bloß rumliegen und sich sonnen. Wie gesagt: Du hast echt Glück, hier zu leben.«

Belle erwiderte sein Lächeln. Sie war bereit, ihm zu glauben. Die Golden Horse Ranch war ein besonderer Ort und sie freute sich jedes Mal, wenn anderen das auffiel. »Ja, wohl wahr«, antwortete sie. »Ein Stück weiter gibt's eine Stelle, wo wir ein bisschen galoppieren können.« Sie grinste verschmitzt. »Wenn du keine Angst hast, dass Java dich abwirft.«

»Angst? Ich? Wär nicht das erste Mal, dass mich wer fallen lässt.« Patrick grinste ebenfalls. »Dann zeig mir mal, wo's langgeht!«

Sie ritten am Wasser entlang, wo die hereinrollenden Wellen die Fesseln ihrer Pferde umspülten. Im ersten Moment blieb Java wie angewurzelt stehen und scharrte mit dem Huf, doch Patrick drückte ihm sanft, aber bestimmt die Schenkel gegen den Bauch, damit der Wallach gar nicht erst auf die Idee kam, sich hinzulegen und im Sand zu wälzen. Nach einer Weile wich der felsige Untergrund einer sandigen Fläche und kurz darauf erreichten sie den Abschnitt, den Belle meinte. Der Strand war zu großen Teilen immer noch mit zerklüfteten Felsen und stacheligen Pflanzen übersät, aber Belle lenkte Fiesta zum Wasser runter, wo es einen schmalen Streifen mit glattem, hindernisfreiem Sand gab.

»Auf die Plätze, fertig, los!«, rief sie.

Fiesta wartete kaum ihr Kommando ab, bevor sie losgaloppierte. Ihre Hufe wirbelten Wassertropfen und schaumige Gischt auf. Hinter ihnen johlte Patrick übermütig.

»Na los, Java, die holen wir uns!«, rief er.

Der langbeinige Wallach schloss zu Fiesta auf und zog langsam, aber sicher an ihr vorbei. »O nein, vergesst es!«, schrie Belle und trieb ihre Stute weiter an.

Fiesta war mit Feuereifer dabei. Sie senkte den Kopf, legte die Ohren an und streckte sich, um den größeren Wallach am Überholen zu hindern. Kopf an Kopf flogen sie dahin, bis Belle in der Ferne einen Felsvorsprung erspähte, der wie ein von der Natur geschaffener Pier ins Wasser hinausragte. Sie wusste, sie würden die Pferde bald zügeln müssen. Aber sie wollte sich Patrick auf keinen Fall geschlagen geben.

»Schneller, Süße!«, brüllte sie und stieß Fiesta die Fersen in die Seite.

Die Stute schnaubte und legte tatsächlich noch einen Zahn zu. Patrick feuerte Java lautstark an, doch bald lag Fiesta eine Pferdelänge vorn.

Die Tiere wurden von sich aus langsamer, als sie sich dem Felsvorsprung näherten. Fiesta verfiel in einen zackigen Trab und wechselte dann in den Schritt. Ihre Flanken bebten von der Anstrengung. Belle war ebenfalls außer Atem. Sie richtete sich auf und tätschelte ihrer Stute den warmen Hals. »Das hat Spaß gemacht«, sagte sie, konnte sich aber nicht verkneifen hinzuzufügen: »Vor allem, weil wir gewonnen haben.«

Patrick lachte. »Das habt ihr«, räumte er ein und tippte sich anerkennend an den Helm. »Nur gut, dass ich es gewohnt bin, hinter euch beiden den zweiten Platz zu belegen!«

»Scherzkeks.« Belle lächelte. »Na, immerhin hast du diesmal eine gute Ausrede. Fiesta ist deutlich fitter als Java.«

»Wenn du das sagst.« Patrick zwinkerte ihr zu und blinzelte dann wieder aufs Meer hinaus. Der Wind war aufgefrischt und blies ihnen mit jeder Böe einen kräftigen Schwall nasser, salziger Luft entgegen. »Hey, macht's dir was aus, wenn wir kurz absteigen? Ich würde gern ein paar Fotos machen. Die Aussicht ist wirklich spektakulär.«

»Kein Problem.« Belle schlüpfte aus den Steigbügeln und sprang ab. »Ich halte Java so lange.«

Sie ließ die beiden Pferde an den Pflanzenbüscheln schnuppern, während Patrick sein Handy aus der Tasche zog und das Meer, die Pferde und alles andere fotografierte.

Schließlich steckte er das Handy wieder weg. »Meine Füße quietschen und quatschen«, sagte er mit einem Blick auf seine halbhohen und ziemlich durchnässten Reitstiefel. »Können wir ein bisschen laufen, bevor wir wieder aufsteigen?«

Seite an Seite schlenderten sie über den Strand, während die Pferde gemächlich hinter ihnen herzockelten. Der böige Wind folgte ihnen und überzog sie abwechselnd mit körnigem Sand und salzigen Wassertröpfchen. Nachdem sie einen kurzen, durch den sandigen, steinigen Untergrund aber nicht ganz einfach zu erklimmenden Hang hinaufgestiegen waren, fanden sie sich zwischen einigen Eichen mit knorrigen, weitverzweigten Ästen wieder, die ihnen ein wenig Windschutz boten.

»Die gehören zu den ältesten Bäumen hier auf dem Gelände«, erklärte Belle Patrick. »Ein bisschen landeinwärts gibt es welche, die sogar noch älter sind. Mehrere Hundert Jahre, schätzt Dad.«

»Wie lange lebt deine Familie schon hier auf der Ranch?«, erkundigte sich Patrick. Im Zwielicht unter den Bäumen wirkten seine Augen eher grau als blau und Belle wurde sich schlagartig bewusst, wie nah er ihr gekommen war. Sie wich ein Stückchen zurück, um den alten Abstand zwischen ihnen wieder halbwegs herzustellen.

»Fünfzig Jahre. Dads Eltern haben die Ranch nach ihrer Hochzeit gekauft«, sagte sie. »Damals wurde sie nur für die Rinderhaltung genutzt, aber Grandpa hatte ein Händchen für Pferde und hat sich speziell bei den Cowboys schnell einen Namen als Züchter gemacht. Mein Dad ist praktisch im Sattel groß geworden.«

»Du Glückspilz«, erwiderte Patrick. »Mein Dad könnte ein Pferd nicht von einer Herde Zebras unterscheiden! Aber er scheint es zu mögen, wenn ich gewinne.«

In seiner Stimme lag ein wehmütiger Unterton. Instinktiv trat Belle auf ihn zu. »Aber er hilft dir mit den Stallgebühren und den Kosten fürs Training, oder?«

Patrick nickte. »Ja schon.«

»Dann ist das vielleicht seine Art, dir zu zeigen, wie stolz er auf dich ist. Auch wenn er selbst nichts mit Pferden anfangen kann.«

»Er kapiert definitiv nicht, was ich an ihnen finde. Wie sagt er immer? Pferde sind an beiden Enden gefährlich und in der Mitte unbequem.«

Belle lachte. »Bei uns würde das heißen: Wenn ein Pferd gefährlich und unbequem ist, ist der Reiter schuld!«

Sie wurde von einem kräftigen Windstoß unterbrochen, der die Baumwipfel durchrüttelte und die Blätter rascheln ließ. Einer der Äste über ihr knarrte unvermittelt sehr laut.

Schlagartig war Belle zurück in der Scheune der Cortez, voller Angst, das Gebäude könnte jeden Moment über ihr zusammenbrechen. »Nein!«, schrie sie und zerrte Fiesta panisch vorwärts. »Es stürzt ein! Lass mich raus!«

11

»Belle!« Patrick hatte sie mit zwei großen Schritten eingeholt und schlang die Arme um sie. »Ist schon gut! Ich hab dich.«

Erst wehrte sie sich dagegen, doch dann gab sie nach und vergrub ihr Gesicht an seiner Brust. Ein Schaudern lief durch ihren Körper und ihr strömten stumme Tränen über die Wangen, während sie sich bemühte, die beängstigenden Erinnerungen wieder zu verdrängen. Kurz fühlte sich ihr Körper ganz hohl und leer an. In ihren Ohren rauschte es und ihr drohte schwarz vor Augen zu werden.

»Atme«, sagte Patrick dicht an ihrem Ohr. »Belle. Alles ist gut. Dir passiert nichts. Du musst nur atmen.«

Belle nahm einen tiefen, kratzenden Atemzug. Und dann noch einen. Nach dem dritten fühlte sie sich langsam wieder etwas normaler. Sie sah auf und blickte direkt in Patricks sorgenvolle graublaue Augen. Sein Gesicht war nur Zentimeter von ihrem entfernt.

Diesmal hatte das flaue Gefühl in ihrem Magen einen anderen Grund. »Es geht mir gut«, krächzte sie und schob ihn weg.

Sofort ließ er sie los und trat einen Schritt zurück. »Bist du sicher?« Er musterte sie stirnrunzelnd. »Was war das gerade? Du hast ganz normal geredet und plötzlich …«

Belle begriff, dass er den knarrenden Ast wahrscheinlich gar nicht bemerkt hatte. Der Wind hatte sich gelegt und alles war still. Trotzdem fühlte sie sich inmitten der hohen Bäume unangenehm eingeengt.

»Können wir hier verschwinden?«, fragte sie und wischte sich die Tränen aus dem Gesicht. »Dann erzähle ich es dir.«

Beide hatten die Zügel losgelassen, als Patrick sie in die Arme genommen hatte, doch Fiesta und Java hatten sich nicht weit entfernt. Sie hatten sich das nächstbeste Fleckchen Gras gesucht und knabberten daran. Sobald sie alle wieder im Sonnenlicht standen, versuchte Belle zu erklären, was vorgefallen war. Dass das Geräusch des Astes sie in den Moment zurückversetzt hatte, als die Scheune eingestürzt war.

»Oh, wow.« Patrick rieb sich das Gesicht. Er wirkte überfordert. »Ich weiß gar nicht, was ich sagen soll. Das muss schrecklich gewesen sein.«

»Ja.« Belle schluckte schwer. In Gedanken war sie bereits

wieder in jener Nacht. »Und das Schlimmste daran ist: Ich kann nicht aufhören, daran zu denken, dass ich Elodie erlaubt habe, mit reinzugehen. Sie hätte dabei umkommen können!« Sie schüttelte den Kopf. »Wir beide hätten dabei umkommen können.«

Patrick nickte betroffen. »Echt heftig«, sagte er. »Aber sieh es doch mal so: Du hast es unversehrt rausgeschafft und deine Schwester auch, richtig? Und ihr habt das Pferd gerettet!«

»Zephyr.« Belle dachte an den kleinen braunen Wallach. »Stimmt schon. Wenn wir ihn nicht gefunden hätten, wäre er wohl nicht mehr hier.«

»Siehst du? Ihr seid Heldinnen!« Patrick hob die Augenbrauen. »Vielleicht kannst du versuchen, dich mehr darauf zu konzentrieren und nicht so sehr auf den schlimmen Teil? Ich weiß, leichter gesagt als getan.« Etwas verlegen zuckte er mit den Schultern. »Ich bin in so was wahrlich kein Experte. Tut mir leid. Aber ich höre gern zu, wenn du drüber reden möchtest.«

»Danke.« Belle schenkte ihm ein winziges Lächeln, dann straffte sie die Schultern. »Aber ich glaube, es geht schon wieder. Ich würde jetzt lieber reiten.«

»Alles klar. Das kann ich auch. Jedenfalls meistens.« Patrick lächelte und diesmal fiel Belles Lächeln schon etwas größer aus.

Sie überprüfte Fiestas Sattelgurt und saß auf. Java war ein

bisschen unruhig und wich tänzelnd aus, als Patrick versuchte, seinen Fuß in den Steigbügel zu setzen, doch beim zweiten Anlauf gelang es Patrick, sich auf den Rücken des Wallachs zu schwingen. Er saß locker im Sattel, während das Pferd unter ihm nervös tippelte und den Kopf zurückwarf.

»Java kann's kaum erwarten«, bemerkte Patrick lachend. »Wo geht's lang?«

Belle und Fiesta schlugen die große Runde über die Hügel ein, sodass Patrick möglichst viel von der spektakulären Landschaft zu sehen bekam. Belle fiel auf, dass Patrick bewusst unverfängliche Gesprächsthemen wählte, die nichts mit der Sturmnacht oder ihrer Panikattacke unter den Bäumen zu tun hatten. Er erkundigte sich, ob sie von den Organisatoren des Future Champions Camps gehört hatte, und als Belle antwortete, dass sie nur diese eine Info-Mail erhalten hatte, erwähnte er, dass er genau die gleiche bekommen hatte.

»Wäre das nicht cool, wenn wir beide angenommen werden?«, fragte er und sah dabei mit einem Mal aus wie ein aufgeregter kleiner Junge.

»Ja, total«, sagte Belle. »Aber ich mach mir keine allzu großen Hoffnungen. Darcy und du habt an viel mehr Turnieren teilgenommen als Fiesta und ich. Es würde mich wundern, wenn die Leute vom Auswahlkomitee überhaupt wissen, wer wir sind.«

Patrick kniff die Augen zusammen. »Wenn du dich da mal nicht täuschst. Die haben ihre Spione überall.«

Die Sonne stand hoch am Himmel, als sie zu den Gebäuden der Ranch zurückkehrten. Die Einzige, die noch draußen war, war Jodie.

»Ihr kommt gerade rechtzeitig zum Mittagessen«, verkündete sie. »Beeilt euch lieber. Della hat Tamales gemacht und du weißt, wie schnell die weg sind.«

»Danke.« Während Jodie weiterlief, wandte Belle sich an Patrick. »Du kannst zum Essen bleiben, oder?«

»Das will ich doch hoffen.« Er grinste. »Mein Dad kommt mich frühestens in ein paar Stunden holen. Ich kann aber auch mit den Pferden grasen. Als ich noch ein kleiner, pferdeverrückter Junge war, bin ich andauernd auf allen vieren rumgekrabbelt und hab am Rasen geknabbert. Meine Eltern sind fast verrückt geworden!«

Belle lachte, als sie sich vorstellte, wie er mit der Herde über die Weide tollte. »Von mir aus gern. Dann bleiben mehr Tamales für mich.«

Sie machten die beiden Pferde in dem schattigen Gang neben den Offenboxen fest. Sulu und Wish kamen ihnen entgegen, um sie zu begrüßen, während Zephyr misstrauisch Abstand hielt.

»Der arme Kerl«, meinte Patrick. »Kein Wunder, dass er traumatisiert ist. Nach allem, was er durchgemacht hat.«

Er warf Belle einen Blick zu. »Elodie und du wisst vermutlich nur zu gut, wie er sich fühlt.«

Belle nickte. »Es sah so aus, als hätte Elodie eine Verbindung zu ihm hergestellt, als wir – du weißt schon.« Sie schüttelte den Kopf. »Er fürchtet sich vor allem und jedem. Aber sie verbringt viel Zeit mit ihm und ich wette, irgendwann dringt sie zu ihm durch. Sie ist echt gut darin.« Belle hoffte inständig, dass sie recht hatte. Sie wusste, wie wichtig Zephyr für Elodie war. Es schien fast so, als könnte sie erst daran glauben, dass sich ihr Einsatz während des Sturms gelohnt hatte, wenn es ihr gelang, ihn zu erreichen.

Sie nahmen ihren Pferden Sattel und Zaumzeug ab. Belle fiel auf, wie sanft Patrick mit Java umging. Er wartete, bis der Wallach das Gebiss losließ, statt es ihm einfach aus dem Maul zu ziehen. Dann hob er ihm scheinbar mühelos den Sattel vom Rücken und trug ihn mit einer Hand zurück in die Sattelkammer, bevor er mit einem Eimer und Schwämmen zurückkam, die er beim Wasserhahn gefunden hatte. Belle ertappte sich dabei, dass sie ihm zusah, wie er Java den Schweiß abwusch, und heimlich seine kräftigen gebräunten Unterarme unter den hochgekrempelten Ärmeln seines T-Shirts bewunderte.

Sie zuckte zusammen, als Fiesta ihre Schulter anstupste, als wollte sie sagen: Genug geglotzt, was ist mit mir? »Entschuldige, Süße«, flüsterte sie, fischte den zweiten Schwamm aus dem Eimer und fing an, ihre Stute zu waschen. »Die Aussicht hat mich abgelenkt!«

Nachdem sie den Pferden das überschüssige Wasser aus dem Fell gestrichen hatten, führten sie sie zurück auf die Koppel. Sie hatten sie kaum losgelassen, da wirbelten Java und Fiesta herum und galoppierten auf die Herde zu. Ein junger dunkelbrauner Wallach namens Outlaw begrüßte sie mit einem kurzen Wiehern, dann senkten alle drei die Köpfe und machten sich über das Gras her.

»Was für ein tolles Zuhause für Pferde«, sagte Patrick. Er beschattete die Augen mit der Hand und ließ den Blick zu den Hügeln in der Ferne schweifen. »Darcys Stall ist wirklich gut. Es gibt eine Klimaanlage, fließendes Wasser, das ganze Drum und Dran. Sie bekommt auch regelmäßig Bewegung, aber nicht so. Ich wette, Fiesta fühlt sich hier pudelwohl.«

Belle beobachtete, wie ihre feuerrote Stute kurz vom Grasen aufsah, um mit Heaven gegenseitige Fellpflege zu betreiben. »Ja, das glaube ich auch.«

»Obwohl sie ein Talent mit echten Erfolgsaussichten ist, darf sie immer noch nach Herzenslust Pferd sein.«

Belle platzte fast vor Stolz. Patrick hielt Fiesta für ein Talent mit echten Erfolgsaussichten! Wow.

»Mom findet es wichtig, dass alle Pferde so naturnah wie möglich leben, damit sie ihren Herdentrieb nicht verlieren. Den braucht sie für ihre Therapiestunden«, erklärte Belle.

»Darüber würde ich gern irgendwann noch mehr hören«, sagte Patrick und drehte sich zu Belle um. Seine graublauen Augen waren auf einmal ganz ernst. »Du bist echt ein stilles Wasser, Belle Beaumont. Du tauchst hier und da auf einem Turnier auf, reitest mich in Grund und Boden und kehrst dann an diesen unglaublichen Ort am Meer zurück, wo eure Pferde fast wie Wildpferde leben. Danke, dass du mir einen Blick hinter die Kulissen erlaubt hast.«

»Äh … gern geschehen«, stammelte Belle. Er schien ihr plötzlich unheimlich nah zu sein. Wollte er sie etwa *küssen*?

Sie war fast ein bisschen enttäuscht, als er zurücktrat und zum Wohnhaus hinübersah. »Hatte Jodie nicht was von Mittagessen gesagt?«, fragte er. »Frische Luft macht hungrig!«

»Das trifft sich gut, Della kocht nämlich immer genug, um ein ganzes Heer zu versorgen«, erwiderte Belle und machte sich auf den Rückweg. Ein Teil von ihr war erleichtert, dass sie wieder zu einer normalen Stimmung zurückgefunden hatten. Ihr ging langsam auf, dass in Patrick Lewers mehr steckte, als sie ihm zugetraut hatte – vielleicht war er nicht bloß ein unterhaltsamer, aber oberflächlicher Mädchenschwarm, der hinter ihren Trainingsgeheimnissen her war. Sie hatte jedenfalls nicht mehr das Gefühl, die Ranch vor ihm verteidigen oder einen ungebetenen Gast abwehren zu müssen. Es konnte sogar sein, dass sie seine Gesellschaft irgendwie genoss.

12

Sie kamen in die Küche, als die anderen gerade am Esstisch Platz genommen hatten. Patrick ließ sich von der großen, lärmenden Runde nicht weiter beeindrucken. Außer der Familie und den Mitarbeitern der Ranch saßen dort noch Gemma Willetts, die gekommen war, um ihr Pony zu reiten, und ein Trio ehemaliger Studentinnen von Dr. Kate. Olivia war natürlich auch da, gab jedoch lediglich ein höfliches »Hallo« von sich, als Belle ihr Patrick vorstellte.

Belle versuchte, Olivia einen freundlichen Blick zuzuwerfen, um den Vorfall im Diner auszubügeln, doch Olivia schien überall anders hinzusehen, nur nicht zu ihr. Belle fühlte sich immer noch mies deswegen. Es war schlimm genug, dass sie im Privatleben einer Patientin ihrer Mutter rumgeschnüffelt hatte, aber dann hatte Olivia sie auch noch dabei erwischt und es alles andere als gut aufgenommen. Sie war noch gar nicht richtig auf der Ranch angekommen und hatte schon den Eindruck, dass man ihr nachspionierte. Belle hoffte inständig, dass sie ihre Mom damit nicht um sämtliche Chancen gebracht hatte, zu Olivia durchzudringen und ihr zu helfen, ihr Trauma zu bewältigen.

Sie war zu sehr in ihre Grübelei versunken, um sich mit Patrick zu unterhalten, doch ihr Gast schien das Chaos am Tisch zu genießen. Er schaltete sich in eine Diskussion über Windkraft ein, die Jorge mit einer der ehemaligen Studentinnen führte, und hörte bereitwillig zu, als Elodie und Gemma auf ihn einredeten. Es ging wohl um irgendeinen Film, den die beiden sehen wollten.

Sobald sie aufgegessen hatten, stupste Gemma Elodie an. »Los, zieh dich um, ich will schwimmen«, sagte sie und zog am Halsausschnitt ihres T-Shirts, um ihr den Badeanzugträger darunter zu zeigen. »Es ist total warm und ich brauch dringend eine Abkühlung!«

»Hey, soll man nicht eigentlich nach dem Essen eine Stunde warten?«, fragte Patrick mit gespielter Besorgnis. »Ich glaube, das hab ich mal irgendwo gehört.«

»Keine Angst«, versicherte Belle lächelnd. »›Schwimmen‹ heißt bei den beiden eher ›im Pool rumstehen und quatschen‹. Da passiert schon nichts.«

»Wann kommt dein Dad dich holen?«, fragte Belles Vater

Patrick. »Wenn du noch Zeit hast, kannst du dir gern eine Badehose aus dem Poolhaus ausleihen, wenn du möchtest.«

»Vielen Dank. Eine Stunde hab ich noch«, antwortete Patrick. Er sah Belle an und zog eine Augenbraue hoch. »Lust auf eine Abkühlung?«

Belle zögerte kurz, nickte dann aber. »Klar. Wir treffen uns draußen.« Unwillkürlich musste sie an den Tag zurückdenken, als Dean Willetts unangekündigt zum Schwimmen gekommen war. Das war gleichzeitig der erste Tag gewesen, an dem er Interesse an Belle gezeigt hatte, jedenfalls über das normale Maß zwischen zwei Bekannten hinaus. Bei der Vorstellung, mit Patrick in den Pool zu steigen, fühlte sie sich seltsam verletzlich. Würde er versuchen, mit ihr zu flirten, wie er das bei den Turnieren scheinbar auch mit anderen Mädchen machte?

Als Belle schließlich in ihren Lieblingsbikini geschlüpft war und nach draußen trat, tobte Patrick bereits mit Elodie, Gemma und Grace durch den Pool. Offenbar spielten sie Fangen, und dabei ging es ganz schön wild zur Sache. Belle blieb einen Moment auf der Terrasse stehen und sah zu. Sie war überrascht, wie viel Spaß Patrick zu haben schien. Er hatte noch nicht mal in ihre Richtung geguckt, sondern schwamm unter vollem Körpereinsatz hinter Gemma her, die ihn mit einer Poolnudel abwehrte, wobei das Wasser nur so spritzte.

Belle wusste immer noch nicht so recht, was er hier eigentlich wollte. Hieß das, sie wünschte sich insgeheim, dass sie ihm doch abgesagt hätte? Wenn sie ehrlich zu sich war, hatte sie den Tag eigentlich ganz schön gefunden.

In dem Moment sah Patrick auf und entdeckte sie. »Na los, worauf wartest du?«, rief er. »Die drei machen mich fertig und ich brauche dringend Verstärkung!«

Lachend sprang Belle in den Pool. Schluss mit der Grübelei. Jetzt wollte sie Spaß haben.

Eine Stunde später stand sie am Rand der Auffahrt und sah der Staubwolke nach, die Mr Lewers' SUV hinter sich herzog. Nach dem langen Ausritt und den anstrengenden Spielen im Pool war sie angenehm müde. Sie hatte sich mit Patrick kein bisschen unwohl gefühlt. Er hatte sie genauso behandelt wie Gemma und ihre Schwestern und sich von Elodie sogar mit der Poolnudel auf den Kopf hauen lassen, als er – erfolglos – versucht hatte, sich an sie ranzuschleichen. Obwohl er zum ersten Mal auf der Ranch gewesen war, hatte er gut reingepasst. Vielleicht konnten sie tatsächlich Freunde sein, nicht bloß Rivalen. Und was das Beste war: Sie hatte den gesamten Nachmittag über kein einziges Mal an die einstürzende Scheune gedacht.

Patrick war ganz anders gewesen, als sie erwartet hatte. Vor allem in dem einen Moment im Eichenwäldchen, als er die Arme um sie geschlungen hatte ...

Er hat aber nicht versucht, sich an mich ranzumachen, rief Belle sich ins Gedächtnis. *Ich meine, er hat mich losgelassen, als hätte er sich die Finger verbrannt, sobald ich mich wieder beruhigt hatte.*

Sie versuchte noch, sich darüber klar zu werden, wie sie das fand, als ein scharfer Pfiff aus Richtung der Offenboxen sie herumfahren ließ. Elodie stand wie üblich neben Zephyrs Box und winkte ihr mit beiden Armen zu. Gemma war bei ihr. Die beiden trugen immer noch ihre feuchten Badesachen und hatten sich in große Handtücher gewickelt.

»Was ist?«, fragte Belle noch im Laufen. »Gibt es ein Problem mit Zephyr?«

»Ja.« Elodie blickte zu Gemma und grinste verschwörerisch. »Zephyr wüsste wirklich, wirklich gern, ob Patrick und du zusammen seid.«

Belle verdrehte die Augen. »Haha, sehr lustig. Und nein, wir sind bloß Freunde.« Sie hoffte, dass sie nicht rot wurde, als die Szene aus dem Eichenwäldchen sich sofort wieder in ihr Gedächtnis drängte.

»Hmm. Vielleicht nicht mal das, wenn du ihn andauernd besiegst«, zog Elodie sie auf. Ihre grünen Augen funkelten vergnügt.

Gemma kicherte. »Aber er ist schon echt süß!«

»O nein, bitte sag nicht, dass Elodie dich mit ihrer romantischen Ader angesteckt hat!« Belle stöhnte.

Sie flüchtete in die Sattelkammer, um die beiden Sättel abzuwischen, die Patrick und sie benutzt hatten. Dort fand sie Jodie, die gerade Zaumzeug zusammensammelte.

»Was sollte denn das ganze Gekichere?«, fragte Jodie.

»Nichts.« Belle schnappte sich einen Putzlappen. »Die beiden sind mal wieder albern, das ist alles.« Dann seufzte sie. »Jungs können echt verwirrend sein, oder?«

Jodie warf ihr einen mitfühlenden Blick zu. »Geht es um den umwerfenden jungen Mann, der heute hier war?«

»Wir sind bloß Freunde!«, stellte Belle hastig klar.

In dem Moment kam ihre Mutter mit dem Handy am Ohr herein. »... und wie schon gesagt, Anita, wir helfen wirklich gern«, sagte sie. »Beide Pferde sind körperlich wohlauf und Sulu ist ein wahres Zuckerstück. Zephyr ist noch ziemlich angespannt, aber das wird schon.«

Nach ein paar weiteren Worten verabschiedete sich Kate und legte auf. »Wie geht es den Cortez?«, fragte Jodie.

Kate zuckte mit den Schultern. »Den Umständen entsprechend, würde ich sagen. Hat eine von euch Olivia irgendwo gesehen?«

»Ich nicht«, antwortete Jodie und stapfte mit dem Zaumzeug davon.

»Ich auch nicht«, sagte Belle. »Ich glaube, sie ist nach dem Essen auf ihr Zimmer gegangen. Bei uns im Pool war sie jedenfalls nicht. Wolltest du es noch mal mit einem Pferd versuchen?«

»Natürlich«, antwortete ihre Mutter. »Allerdings vielleicht nicht gleich. Bis jetzt hatte sie einen ziemlich positiven Tag. Sie war beim Essen zwar still, aber ihr schien der viele Trubel nichts auszumachen. Trotzdem will ich es lieber nicht übertreiben.« Zu Belles Erleichterung erwähnte sie den Rückschlag nicht, den Belle verursacht hatte, indem sie Olivias Familie heimlich im Internet gesucht hatte. Dennoch fragte Belle sich, ob es richtig war, die nächste Therapiestunde zu verschieben.

Sie zögerte, unschlüssig, ob sie ihre Meinung dazu äußern sollte oder ob sie damit eine Grenze überschritt. Aber ihre Mutter hatte ihre Töchter eigentlich immer dazu ermutigt auszusprechen, was sie dachten. Und Belle hatte das Gefühl, dass sie es Olivia irgendwie schuldig war, ihr bei ihrer Therapie zu helfen, auch wenn sie auf dem Reitplatz nicht dabei sein konnte. »Bist du sicher? Ich meine, du könntest diese positive Stimmung doch auch nutzen, um den nächsten Schritt zu machen, oder?«, entgegnete sie. »Als Olivia neulich wegen Bounty ausgeflippt ist …«

»Ähm«, unterbrach ihre Mutter sie. »Bitte achte auf deine Wortwahl, ja?«

Belle grinste verlegen. »Entschuldige. Ich wollte sagen, Bounty hat doch ziemlich gut reagiert, als Olivia neulich Angst bekommen hat. Er ist einfach einen Schritt zurückgewichen, um ihr den nötigen Raum zu geben, aber er ist trotzdem in der Nähe geblieben und war total aufmerksam. Das ist echt gut, oder?«

»Absolut«, pflichtete ihre Mutter ihr bei. »So reagieren die besten Therapiepferde, wenn sie es mit einem Menschen in einer akuten Krise zu tun haben. Sie lassen ihm den Raum, den er braucht.«

»Wie wär's, wenn du Olivia das erklärst?«, schlug Belle vor. »Vielleicht hilft ihr das, Bounty zu vertrauen. Sie ist schlau, ich wette, sie versteht das.«

Noch während sie das aussprach, kehrten ihre Gedanken zu Patrick zurück. Vielleicht hatte er sich ja auch wie ein gutes Therapiepferd verhalten, indem er ihr gezeigt hatte, dass sie ihm vertrauen konnte, als sie ausgeflippt war – oder Angst bekommen hatte oder wie auch immer sie das nennen sollte. Er hatte sie an sich gezogen und sie festgehalten, solange es nötig gewesen war, und sie losgelassen, sobald sie sich beruhigt hatte. Damit hatte er ihr genau den Raum gegeben, den sie gebraucht hatte.

Ihre Mutter schien sich das durch den Kopf gehen zu lassen. »Das ist eine wirklich gute Beobachtung, Liebes«, sagte sie. »Vielleicht probiere ich es mal. Wenn du mir hilfst.«

»Du meinst, ich soll mit auf den Reitplatz?«, vergewisserte sich Belle. »Bist du sicher? Olivia ist gerade nicht besonders scharf drauf, mich zu sehen.«

»Ich glaube, das ist eine gute Gelegenheit, ihr zu zeigen, dass du auf ihrer Seite bist«, erwiderte Kate. Sie zwinkerte ihr zu. »Ich verrate ihr allerdings nicht, dass es deine Idee war.«

»Ja, ist wahrscheinlich besser so.« Belle verspürte einen Anflug von schlechtem Gewissen. »Es tut mir wirklich leid, dass ich ihre Vergangenheit recherchiert habe. Ich weiß ja, dass wir das nicht sollen.«

Ihre Mutter drückte ihr sanft die Schulter. »So ein großes Geheimnis ist das nun auch wieder nicht«, sagte sie. »Diese fürchterliche Explosion war schließlich überall in den Nachrichten. Aber wie du weißt, konzentrieren wir uns hier nicht auf die Vergangenheit. Wir suchen Wege, in der Gegenwart und Zukunft zurechtzukommen.«

»Genau.« Belle rang sich ein Lächeln ab. Insgeheim fragte sie sich, ob ihr das jemals selbst gelingen würde.

13

Sie ist wie ein ängstliches Pferd, dachte Belle, während sie sich verstohlen nach Olivia umschaute, die hinter ihr und Kate hertrottete. *Schreckhaft, vielleicht ein bisschen missmutig, und bereit, jeden Moment die Flucht zu ergreifen.*

Als sie an den Offenboxen vorbeiliefen, fiel ihr Blick auf Zephyr, der sich in die hinterste Ecke seiner Box drängte. Gemma war nach Hause gegangen und Elodie stand wieder draußen am Gitter und sprach mit dem nervösen jungen Wallach. Sie schien weiterhin wild entschlossen, zu ihm durchzudringen. Aber würde es ihnen jemals gelingen, die fürchterlichen Erinnerungen an jene Nacht zu überwinden?

Belle zwang sich, an etwas anderes zu denken. Sie näherten sich dem Paddock, in dem Bounty wartete, und zu ihrer Aufgabe gehörte es, Ruhe und Gelassenheit auszustrahlen, um damit sowohl Bounty als auch Olivia zu helfen. Jede pferdegestützte Therapiestunde auf der Golden Horse Ranch bestand aus vier Teilnehmern: der Psychologin, dem Patienten oder der Patientin, dem Pferd und jemandem, der sich um das Pferd kümmerte. Diese Rolle übernahm Belle an diesem Nachmittag. Was gut war, denn Jodie hatte später einen Zahnarzttermin und Belles Vater half Jorge, einige letzte Sturmschäden zu beseitigen.

»So, da ist Bounty.« Kate blieb stehen und wartete auf Olivia. »Scheint, als würde er sich freuen, uns zu sehen.«

Der Pinto-Wallach ließ den Kopf über das Gatter hängen und spitzte die Ohren. Er wieherte leise, als sie auf ihn zukamen.

Olivia musterte ihn argwöhnisch. »Warum guckt er mich an?«

»Er sagt Hi«, antwortete Dr. Kate. »Er hat dich wiedererkannt.«

»Echt?« Olivia klang überrascht und ein wenig skeptisch.

»Na klar.« Belle ergriff das Wort. »Pferde haben einen unheimlich guten Geruchssinn, der ihnen hilft, uns zu identifizieren.«

Olivia warf ihr einen finsteren Blick zu und antwortete nicht. Das war keine große Überraschung, schließlich hatte sie seit dem Vorfall im Diner am Tag zuvor kein Wort mehr zu Belle gesagt.

»Wie wär's, wenn du Bounty auf den Reitplatz bringst, Belle?«, schlug ihre Mutter vor. »Olivia und ich warten dort auf euch.«

Nachdem Belle dem jungen Wallach ein Halfter übergestreift hatte, führte sie ihn zum Reitplatz. Ihre Mutter und Olivia waren schon da und sahen zu, wie Jodie einige lange Stangen auf dem Boden zurechtschob. Die restlichen Stationen für die Lebensreise waren bereits aufgebaut. Dabei handelte es sich um eine Reihe von Hindernissen, die der Patient zusammen mit dem Pferd überwinden musste. Jedes Hindernis stand für eine andere psychologische oder soziale Herausforderung, die es zu meistern galt. Damit das funktionieren konnte, musste der Patient während der Übung ganz im Hier und Jetzt sein und sich auf seine Gedanken und Gefühle einlassen. Nur so konnte er die nötige Verbindung zum Pferd aufbauen, die ihnen beiden half, den Kurs zu absolvieren.

Belle war überrascht, dass ihre Mutter gleich mit der Lebensreise anfing, statt Olivia die Möglichkeit zu geben, sich erst einmal über ein paar einfache Übungen mit Bounty vertraut zu machen. Bounty ein paar Runden über den Reitplatz führen oder so was. Aber sie stellte die Herangehensweise nicht infrage. Wie ihre Mutter zu sagen pflegte: Jeder Patient war anders.

Belle führte Bounty auf den Platz und ging mit ihm auf

Olivia zu. »Bitte sehr«, sagte sie und hielt ihr den Führstrick hin.

Erschrocken wich Olivia zurück. »Was?«

Dr. Kate hob die Hand. »Nicht so schnell. Kannst du mit Bounty hier warten, Belle?«, bat sie. »Olivia und ich machen die Lebensreise erst mal ohne ihn.«

Wieder war Belle überrascht. Soweit sie wusste, hatte ihre Mutter das noch nie gemacht. Doch sie nickte bloß. »Na klar, kein Problem.«

»Hier entlang, Olivia.« Dr. Kate streckte den Arm aus und bedeutete Olivia, sie zu einem breiten, frei stehenden Holzgatter zu begleiten. »Nur zu. Öffne das Gatter und geh hindurch, wenn du möchtest.«

Olivia warf ihr einen fragenden Blick zu, tat jedoch wie geheißen. Danach schritten sie über die auf dem Boden liegenden Stangen, umrundeten ein Fass, überquerten eine hölzerne Brücke und balancierten über eine flache Wippe.

»Nur weiter«, ermunterte Dr. Kate, als Olivia auf der Mitte der Wippe ins Wanken geriet. »Sie bewegt sich doch!«

Belle war zu weit weg, um es mit Gewissheit sagen zu können, aber sie glaubte, dabei fast so etwas wie ein Lächeln über Olivias Gesicht huschen zu sehen. Als sie im Hüpfschritt die Reihe von Reifen durchquert hatten, schien Olivia sich langsam, aber sicher für den Hindernisparcours zu interessieren.

Als Nächstes kam die sogenannte Haltebox, auch wenn Dr. Kate den Namen Olivia gegenüber nicht erwähnte. Sie lud Olivia lediglich ein, einen Moment in dem mit Verkehrshütchen markierten Viereck innezuhalten und sich kurz auszuruhen, während sie mit ihr über die Hindernisse sprach, die sie bereits hinter sich gelassen hatte.

»Ich finde, das ist ein guter Punkt, um für heute Schluss zu machen«, verkündete Dr. Kate schließlich. »Gut gemacht, Olivia.«

»Danke, von mir aus«, brummte Olivia. »Wenigstens musste ich das nicht alles mit dem Pferd im Schlepptau machen.«

Belle streichelte Bounty über die Nüstern. *Vielleicht bilde ich mir das nur ein,* dachte sie. *Aber Olivia wirkt beinahe enttäuscht, dass sie fertig sind. Komisch, dass Mom sie nicht auch noch den restlichen Kurs absolvieren lässt.*

Doch während sie so darüber nachdachte, kam ihr der Grund dafür in den Sinn. Olivia hatte eine schreckliche, lebensverändernde Erfahrung gemacht. Wahrscheinlich würde sie sich nie mehr ganz von diesem Trauma erholen. Also ging es Belles Mutter wohl nicht darum, dieses Trauma zu überwinden, sondern eher darum, Olivia zu zeigen, wie sie damit zurechtkommen und sich ein erfülltes Leben drumherum aufbauen konnte. Da es keine wirkliche Heilung gab – kein richtiges »Ende« –, hatte es keinen Sinn, den Kurs unbedingt vollständig absolvieren zu wollen. Ziel war es vielmehr, die

Teile in Angriff zu nehmen, die am jeweiligen Tag bewältigbar erschienen.

Olivia und Dr. Kate kamen auf sie zu. Belle schob ihre Gedanken beiseite und konzentrierte sich auf Bounty, der leise schnaubte.

»Ich glaube, das heißt ›Gut gemacht‹«, sagte Belle. »Er hat euch die ganze Zeit beobachtet.«

»Ach ja?« Olivia sah das Pferd an und blinzelte. Sie wirkte immer noch misstrauisch, aber auch ein bisschen neugierig. »Er steht so still!«

»Er ist ja auch ein braver Junge.« Dr. Kate gab dem Pinto-Wallach einen anerkennenden Klaps auf die Schulter.

»Kann ich ...« Olivia stockte und holte tief Luft. »Meint ihr, ich kann das auch mal versuchen? Ihn anzufassen? Ich hab noch nie ein Pferd berührt.«

Belle sah, wie ihre Mutter ihr nahezu unmerklich zunickte, und lächelte. »Na klar«, sagte sie. »Mach einfach das Gleiche wie Mom gerade.«

Olivia runzelte konzentriert die Stirn. Sie trat vor, streckte die Hand aus und berührte Bountys Schulter zögerlich mit den Fingerspitzen. Sie wich erschrocken zurück, als die Haut des Wallachs zuckte.

Belle verkniff sich ein Lachen. »Ist schon gut«, versicherte sie. »Versuch's mal ein bisschen fester. Sonst hält er dich für eine lästige Fliege.«

Olivia machte große Augen. »Oh! Entschuldige, Bounty.«

Diesmal legte sie die flache Hand auf Bountys Schulter. Der Wallach drehte ein Ohr in ihre Richtung, zeigte sonst jedoch keine Regung. Es schien fast so, als hätte er verstanden, dass Olivia recht schreckhaft war.

Guter Junge!, dachte Belle voller Stolz.

»Oh!«, entfuhr es Olivia. »Er ist ja ganz warm!«

Belle sah über Olivias Kopf hinweg zu ihrer Mutter. Dr. Kate wirkte erfreut. »Er macht das wirklich super, oder?«, sagte Dr. Kate. »Vielleicht sollten wir ihm zur Belohnung ein paar Leckerlis geben.«

Olivia trat einen Schritt zurück, als Belle Bounty zum Gatter führte. Belle fiel jedoch auf, dass der Abstand nicht mehr ganz so groß war.

Gemeinsam gingen sie zur Futterkammer. Belles Mutter holte eine Tüte Karotten und gab sie Belle. Bounty spitzte neugierig die Ohren, schnaubte und versuchte, an der Tüte zu schnuppern.

»Er kann sie riechen, oder?«, fragte Olivia sichtlich interessiert. »Du hast gesagt, Pferde haben einen guten Geruchssinn.«

»Das stimmt.« Belle fischte eine Karotte aus der Tüte und brach sie in Stücke. »Hier, ich zeig dir, wie du ihn damit füttern kannst.«

Sie legte sich ein Karottenstück auf die flache Hand und

hielt es ihm hin. Bounty nahm es mit den Lippen auf und zerbiss es genüsslich.

»Möchtest du es mal versuchen?«, fragte Belle.

Sie rechnete eigentlich damit, dass Olivia Nein sagen würde. Doch Olivia nickte. Mit ernster Miene legte sie sich ein Karottenstück auf die Hand. Belle erwartete, dass sie sie zurückziehen würde, bevor der Wallach auch nur in die Nähe der Karotte kam. Das passierte oft, wenn Leute zum ersten Mal ein Pferd aus der Hand fütterten. Pferde hatten große Zähne, die aus der Nähe ziemlich Furcht einflößend wirken konnten.

Aber Olivia blieb ganz ruhig, als Bounty die Karotte von ihrer Handfläche klaubte. »Oh!«, sagte sie und lächelte. »Seine Barthaare kitzeln!«

Belle hätte am liebsten laut gejubelt. *Womöglich findet Olivia Pferde ja doch gar nicht so schlimm, wie sie dachte,* schoss es ihr durch den Kopf. *Sie glaubt vielleicht, sie hätte die Lebensreise ohne Bounty absolviert, aber in Wahrheit war er ein wichtiger Teil der Stunde.*

»Ja, die Barthaare können ziemlich kitzeln«, stimmte sie zu, wobei sie sich bemühte, möglichst beiläufig zu klingen. Offenbar hatte sich nicht nur Olivias Einstellung zu Pferden geändert, sondern sie hatte auch vergessen, dass sie wütend auf Belle war. Belle wollte sie auf keinen Fall daran erinnern. »Ich bring ihn jetzt raus, falls du zugucken möchtest.«

»Geh ruhig mit«, ermunterte Dr. Kate Olivia lächelnd. »Ich warte hier auf dich.«

»Ja okay.« Olivia lief nebenher, während Belle Bounty den kurzen Pfad zur kleinen Koppel entlangführte. Unterwegs sagte keine von ihnen ein Wort, aber das machte nichts. Aus dem Augenwinkel sah Belle, dass Olivia Bounty aufmerksam beobachtete. Sie wirkte immer noch ein wenig nervös, aber auch neugierig.

Kleine Schritte, dachte Belle.

Der Rest der Herde graste in der Nähe des Gatters. Olivia zögerte kurz, wagte sich dann jedoch vor. »Ich kann das Gatter aufmachen, wenn du willst«, bot sie an.

»Danke, das wäre echt super«, antwortete Belle ruhig.

Innerlich brach sie erneut in Jubel aus. *Von wegen kleine Schritte*, dachte sie, als Olivia das Gatter öffnete und beiseitetrat, um Belle und Bounty vorbeizulassen. *Das sind Riesensprünge!*

14

Am nächsten Morgen erwachte Belle schon früh aus einer von Albträumen geplagten Nacht, an die sie sich nur schemenhaft erinnern konnte. Sie setzte sich auf und wartete, dass die noch schwachen Strahlen der Morgensonne, die durch ihr Fenster hereinsickerten, die düstere Stimmung vertrieben.

»Hmpf«, murmelte sie, als sie auf die Uhr blickte. Es war gerade mal sieben! Auf der Ranch war frühes Aufstehen an der Tagesordnung, selbst in den Sommerferien. Aber diese Zeit war einfach lächerlich! Ihr war nicht danach, sich noch mal schlafen zu legen, also stand sie stattdessen auf und nahm eine lange heiße Dusche.

Vierzig Minuten später kam sie sauber, angezogen und mit deutlich besserer Laune ins Wohnzimmer. Ihre Mutter war in der Küche und half Della, Teller mit Essen herzurichten.

»Heute ist Selbstbedienung angesagt«, verkündete Della. »Dein Vater und Jorge sind schon früh raus, um das Windrad zu reparieren, und Jodie musste noch mal zum Zahnarzt, um ein Loch füllen zu lassen.«

»Wo ist Olivia?«, erkundigte sich Belle gähnend und griff nach einer Apfeltasche.

»Sie hat schon gegessen«, antwortete ihre Mutter. »Ich dachte, ich gebe ihr heute Morgen mal ein bisschen frei. Wir wollten so gegen zehn einen neuen Anlauf bei der Lebensreise wagen, diesmal mit Bounty.« Sie warf einen Blick auf ihre Armbanduhr. »Was bedeutet, dass ich gerade nichts weiter zu tun habe. Lust auf eine Trainingsstunde?«

Belle schlang den Rest ihrer Apfeltasche runter. »Und wie!«, sagte sie. »Ich geh Fiesta holen.«

Voller Vorfreude sattelte sie ihre Stute. Ihre Mutter war eine ausgezeichnete Reiterin und eine noch bessere Trainerin. Normalerweise hatte sie jedoch so viel um die Ohren, dass kaum Zeit blieb, um Belle zu unterrichten. Das hier war also eine seltene und umso wertvollere Gelegenheit.

»Seit den Meisterschaften haben wir nicht mehr richtig trainiert«, erinnerte sie Fiesta, während sie den Sattelgurt festzog. »Es wird also höchste Zeit. Wir wollen schließlich bereit sein, falls wir für das Future Champions Camp ausgewählt werden.« Nach allem, was in den letzten Tagen passiert war – die eingestürzte Scheune, die Arbeit mit Olivia und was auch immer das zwischen Patrick und ihr war –, hatte Belle kaum noch an das Camp gedacht. Doch nun war all ihre Nervosität und Anspannung auf einen Schlag wieder da.

Ob Patrick wohl schon was gehört hat?, fragte sie sich unwillkürlich. *Wenn ja, hätte er es mir doch bestimmt erzählt, oder?*

»Bist du so weit?«, fragte ihre Mutter in dem Moment.

Schnell schob Belle ihre Gedanken an Patrick beiseite und zog den Sattelgurt noch ein Loch fester. »Kann losgehen.«

Zu Beginn der Trainingsstunde ließ Belles Mutter die beiden einige Standard-Dressurübungen im Schritt, Trab und Galopp absolvieren. Fiesta fühlte sich auf der linken Hand ein wenig steif an. Sie öffnete das Maul und Belle spürte einen deutlichen Widerstand, als sie sie aufforderte, den Hals zu beugen, während sie einen Zwanzig-Meter-Zirkel mit ihr ritt. Daher ließ sie sie eine Weile kleinere Volten gehen, öffnete die Hand auf dem inneren Zügel und ließ mit der rechten Hand locker, sodass Fiesta den Kopf zur Mitte des Kreises beugen und die verspannten Muskeln auf der gegenüberliegenden Halsseite dehnen konnte. Gleichzeitig nahm sie ihren äußeren Schenkel hinter den Gurt, um Fiesta anzuregen, mit der Hinterhand unterzutreten.

Auf jede zweite Runde auf der linken Hand ließ Belle Fiesta eine ebenso große Runde auf der rechten Hand drehen, um sicherzustellen, dass sie ihre Halsmuskulatur auf beiden Seiten dehnte. Sobald sie merkte, dass die Verspannung nachließ und Fiesta den Kopf in die gewünschte Position senkte, gab sie ihr mit dem inneren Bein das Signal, die Volte wieder zu vergrößern, und richtete sie dann durch Schenkelweichen gerade.

»Gut gemacht«, lobte Belles Mom vom Zaun aus.

Ohne ihre Haltung zu verändern, grinste Belle. »Manchmal sind die einfachsten Übungen auch die effektivsten«, antwortete sie. »Fiesta fühlt sich um Längen besser an.«

Sie ließ die Stute antraben und drehte einige weitere Runden, bis sie in einen gleichmäßigen Rhythmus verfielen und Fiestas Genick und Nacken sich ausreichend geschmeidig anfühlten. Dann lenkte sie Fiesta auf die lange Bahn des Reitplatzes und erlaubte ihr, die Schritte zu verlängern. Belle genoss es, die schiere Muskelkraft ihrer Stute unter sich zu spüren. Sie wusste, in diesen Hinterbeinen lag das Geheimnis von Fiestas sagenhaftem Sprungvermögen.

Sie presste die Schenkel gegen Fiestas Bauch und setzte sich aufrechter, um die Stute für das kurze Ende des Reitplatzes vorzubereiten, und fühlte einen Anflug von Stolz, als Fiesta umgehend die Schritte verkürzte und ohne den Rhythmus zu verlieren um die Ecken trabte. Zu guter Letzt ließ sie sie eine Acht über den gesamten Reitplatz galoppieren, wobei sie in der Mitte vier Trabtritte einlegte, um die Hand zu wechseln. Fiesta beherrschte den fliegenden Wechsel, auch ohne zwischendurch in den Trab zu verfallen, aber Belle griff lieber auf einfache Wechsel zurück, wenn sie wollte, dass Fiesta weiterhin untertrat und leicht in der Hand blieb.

Als Belle Fiesta zum Schritt durchparierte, kam Kate mit einem hölzernen Hindernisständer auf den Reitplatz. »Mir ist aufgefallen, dass Fiesta neuerdings immer den weiten Absprung wählt, wenn du ihr die Gelegenheit dazu gibst«, erklärte sie. »Ich baue eine Distanz auf, damit wir daran arbeiten können, ihre Galoppsprünge besser zu kontrollieren. Das passt gut zu dem, was du gerade mit ihr trainiert hast.«

Belle nickte und ließ Fiesta am langen Zügel über den Platz gehen, um ihre Muskeln warm zu halten, während ihre Mutter eine Reihe aus drei Hindernissen aufbaute: zwei Steilsprünge und danach einen Oxer. Im Vergleich zu dem, was sie bei Turnieren zu bewältigen hatten, waren sie nicht besonders hoch, aber darum ging es auch nicht. Belle wusste, dass ihr Pferd so hoch springen konnte wie nötig, aber Balance und kontrollierte Bewegungsabläufe waren ebenso wichtig.

Beim ersten Durchgang wies Kate Belle an, Geschwindigkeit und Schrittlänge Fiesta selbst zu überlassen. Belle ließ ihre Stute angaloppieren und lenkte sie auf die Hindernisse zu, hielt sich dann aber zurück und übte nur leichten Druck auf die Zügel aus. Fiesta beschleunigte und preschte mit je zwei Galoppsprüngen dazwischen durch die Distanz.

»Jetzt versucht es mit drei Sprüngen«, sagte ihre Mutter. »Dafür müsst ihr das Gewicht vor dem ersten Hindernis auf die Hinterhand verlagern, damit sie nicht zu weit springt.«

Belle nickte und ließ Fiesta ein paarmal um den Platz gehen, bis sie sie in einem beherrschten, federnden Galopp hatte. Diesmal überwanden sie das erste Hindernis deutlich unspektakulärer, aber dadurch blieb mehr Platz für einen zusätzlichen Galoppsprung vor dem nächsten Steilsprung. Belle richtete sich auf, kontrollierte Fiestas Geschwindigkeit mit Gesäß und Schenkeldruck und zählte drei Galoppsprünge. Beim Absprung war Fiesta um einiges näher am Hindernis als beim ersten Durchgang, segelte aber dennoch elegant darüber hinweg.

Nach der Landung schüttelte die Stute den Kopf. Sie hatte offensichtlich das Bedürfnis, sich länger zu machen. Doch Belle schloss die Hände fester um die Zügel und hielt Fiesta zurück. Drei Sprünge zum nächsten Hindernis, das war das Ziel. Der Abstand zum Oxer war noch geringer als zum vorherigen Sprung und als Fiesta abhob, schlug sie mit beiden Vorderhufen gegen die oberste Stange, die klappernd zu Boden fiel. Die Stute landete unrund und preschte mit hocherhobenem Kopf, zurückgelegten Ohren und geblähten Nüstern weiter.

»Ruhig, ruhig«, rief Kate.

Belle lenkte Fiesta bereits in einen Zirkel, ließ sie wenden und zügelte sie, bis die Stute in einen langsameren Galopp und dann in den Trab verfiel. Schließlich hielt Belle ein wenig außer Atem neben ihrer Mutter an.

»Daran müssen wir wohl echt noch arbeiten«, räumte sie mit einem schiefen Lächeln ein. Sie klopfte Fiesta auf den Hals. »Ob es Miss Ungeduld hier gefällt oder nicht.«

Ihre Mutter schmunzelte. »Ich glaube, sie hat sich bloß erschreckt«, sagte sie. »Sie ist es nicht gewohnt anzuschlagen und wahrscheinlich hat es ein bisschen wehgetan. Sie ist eine tapfere Stute und reagiert verärgert, wenn ihr etwas Angst macht. Aber das ist nicht schlimm, sie drückt einfach aus, was sie empfindet.« Sie ging auf die herabgefallene Stange zu. »Ich baue das Hindernis wieder auf und wir versuchen es noch mal.«

Am Ende der Trainingseinheit war Belle in der Lage, die Distanz sowohl mit zwei als auch mit drei Galoppsprüngen zwischen den Hindernissen zu absolvieren, je nachdem, wie sie im Sattel saß und die Zügel hielt. Manchmal brauchte Fiesta die Geschwindigkeit, die nur mit zwei Galoppsprüngen möglich war, aber sie musste eben auch lernen, Belle die Führung zu überlassen und die Distanz in einem kürzeren, federnden Galopp zu nehmen, bei dem sie zwangsläufig dichter an die Hindernisse geriet.

»Gut gemacht«, lobte Kate und klopfte Fiesta auf den Rücken. Dann warf sie einen Blick auf ihre Uhr. »Es ist schon kurz vor zehn. Kannst du Fiesta wegbringen und Olivia bitten, zu mir auf den Reitplatz zu kommen? Ich würde Bounty gern schon mal holen und ihm die Hindernisse zeigen.«

»Kein Problem.« Belle führte Fiesta zu den Offenboxen, wo sie ihr Sattel und Zaumzeug abnahm und ihr mit dem Schwamm den Schweiß aus dem Fell wusch. Danach stellte sie sie in einer der schattigen Boxen unter, versorgte sie mit frischem Heu und Wasser und eilte zurück zum Haus.

Olivia saß auf der Veranda und spielte auf ihrem Handy herum. Zu Belles Überraschung trug sie wieder eins ihrer hübschen Sommerkleidchen.

»Hey, hast du die Sitzung heute vergessen?«, fragte Belle. »Ihr arbeitet wieder mit Bounty, du solltest also besser deine Stallsachen anziehen.«

Olivia sah auf. »Das sind nicht meine Stallsachen, sondern die von deiner Schwester«, entgegnete sie. »Und ich hab keine Lust mehr, mit den Pferden zu arbeiten. Ich hab dieses Lebensreise-Ding doch gestern schon gemacht.«

»Ja klar.« Belle war von Olivias nüchterner Zurückweisung wie vor den Kopf gestoßen. »Aber da warst du allein. Diesmal ist Bounty dabei und …«

»Nein, danke«, unterbrach Olivia sie. »Bounty ist ganz cool, aber ich sag euch die ganze Zeit schon, dass ich Pferde nicht mag, okay? Denkt, was ihr wollt, aber ein bisschen Cowgirl zu spielen, hilft mir nicht.«

15

Belle runzelte die Stirn. Cowgirl spielen? Glaubte Olivia ernsthaft, dass das alles war, worum es bei pferdegestützter Therapie ging? »Also bitte«, sagte sie, bevor sie sich bremsen konnte. »Du hast doch keine Ahnung, wovon du redest. Meine Mom gibt sich echt Mühe, dir zu helfen. Es ist ja wohl nicht zu viel verlangt, dass du die Übungen wenigstens versuchst.«

Olivias Miene verfinsterte sich. Sie sprang auf und umklammerte ihr Handy so fest, dass ihre Knöchel weiß hervortraten. »Ach ja? Na, immerhin hast du noch eine Mom!«, schrie sie. »Ist ja nicht zu viel verlangt, dass du das in deinen Schädel kriegst!«

»Das weiß ich doch! Entschuldige.« Dieses Gespräch lief alles andere als gut, aber aus irgendeinem Grund konnte

Belle einfach nicht aufhören zu reden. »Ich meine, du hast wenigstens noch deinen Dad.«

Olivia sah sie wütend an. »Diesen Versager?«, fauchte sie. »Ich will ihn nie wiedersehen. Ich wünschte, er wäre an Moms Stelle gestorben!«

Belle verschlug es die Sprache. Sie öffnete den Mund und schloss ihn wieder.

Olivia verschränkte die Arme vor der Brust und warf Belle einen erbosten Blick zu. »Weißt du eigentlich, warum er noch am Leben ist?«

»Er … er war nicht zu Hause, als es … als sich die Explosion ereignet hat«, stammelte Belle. »Ich meine, so stand es im Artikel …«

»Genau.« Olivia verdrehte die Augen. »Er war nicht zu Hause, weil Mom und er sich gestritten hatten. Er ist abgehauen, um sich mit seinen Kumpels in der nächsten Bar zu treffen.« Sie verzog das Gesicht. »Wäre er zu Hause gewesen, hätte er gemerkt, dass mit dem Gas was nicht stimmt. Es ist seine Schuld, dass alle tot sind!«

Belle wusste nicht, was sie sagen sollte. Sie half ihrer Mutter mit deren Patienten, seit sie zwölf war, aber das ging weit über ihren Erfahrungsschatz hinaus. Am liebsten wäre sie losgerannt und hätte ihre Mutter geholt, damit die sich darum kümmern konnte. Gleichzeitig fühlte sie sich irgendwie verantwortlich, weil sie dieses Gespräch überhaupt erst begonnen hatte, und Belle war niemand, der vor Verantwortung davonlief. Sie holte tief Luft. Was würde ihre Mom ihr jetzt raten? Wahrscheinlich würde sie sagen, sie sollte Olivias Gefühle anerkennen und ihr die Möglichkeit geben, sie frei zum Ausdruck zu bringen.

»Es tut mir leid«, begann sie. »Ich sehe, dass du wütend bist. Ich kann das verstehen. Mir würde es an deiner Stelle genauso gehen.«

Olivia verdrehte erneut die Augen. »Ja klar«, erwiderte sie. Ihre Stimme triefte nur so von Sarkasmus. »Du kannst dich bestimmt supergut in mich reinversetzen. Komm mal wieder runter! Du fährst doch bloß auf das ganze Drama ab.« Sie tippte auf ihrem Handy herum, als wollte sie es mit dem Zeigefinger erstechen. »Ich ruf jetzt Ms Hennessy an und sag ihr, sie soll mich aus diesem Provinznest abholen.«

»Warte.« Belle konnte nicht zulassen, dass sie Tante Callie anrief. Nicht jetzt, nicht so. Sie musste zumindest versuchen, das Chaos wieder in Ordnung zu bringen, das sie anscheinend ausgelöst hatte. »Wo willst du denn hin? Zurück zu deinem Dad?«

»Was? Nein!«, fauchte Olivia. »Ich wohne bei meiner Tante seit ... du weißt schon. Sie ist Moms Schwester und sagt, ich kann so lange bei ihr bleiben, wie ich will.« Sie zuckte mit den Schultern und wandte sich wieder ihrem Handy zu. »Ich will einfach nur dorthin zurück.«

Hilflos sah Belle zu, wie Olivia eine Nummer aus ihren Kontakten raussuchte und drauftippte. Sie hörte, wie Olivia Callie auf die Voicemail sprach, dass das alles eine ganz miese Idee war und sie so schnell wie möglich abgeholt werden wollte. Dann trat sie einen Schritt zurück, als Olivia sich an ihr vorbeischob und ins Haus stürmte.

Belle folgte ihr langsam. Ihre Gedanken rasten. Es stimmte schon, Reittherapie war nicht für jeden etwas. Hin und wieder gab es Patienten, die ihre Mutter auf diesem Weg nicht erreichte.

Aber Olivia gehört nicht dazu, sagte sie sich mit Nachdruck. Sie hatte den Blick in ihren Augen gesehen, als sie Bounty die Karotte gegeben hatte. *Jedenfalls nicht zwangsläufig. Ich weiß, die Pferde könnten ihr helfen, wenn sie es nur zulassen würde ...*

Belle schüttelte frustriert den Kopf. Jetzt gerade war Olivia in ihrem Zimmer und packte ihre Sachen. Sie war wütend und haute ab, genau wie Fiesta nach dem missglückten Sprung vorhin.

Bei dem Gedanken blieb Belle wie angewurzelt im Wohnzimmer stehen. Wie würde sie die Situation angehen, wenn Olivia ein Pferd wäre und kein Mensch?

Sie wusste, wie. Als Fiestas Ärger nach dem Sprung hochgekocht war, war Belle bei ihr geblieben, hatte versucht, zu ihr durchzudringen und sie zu beruhigen.

Und dann war da Zephyr. Er war immer noch in seiner Erinnerung an die schrecklichen Erlebnisse in der einstürzenden Scheune gefangen. Aber alle auf der Ranch – ganz besonders Elodie – bemühten sich, ihm zu zeigen, dass er keine Angst mehr haben musste.

Genau das ist der Punkt, oder?, dachte Belle. *Mom hat gesagt, Fiesta wird wütend, wenn sie etwas erschreckt. Und der arme Zephyr hat eindeutig panische Angst, was auch kein Wunder ist, wenn man bedenkt, was er durchgemacht hat.*

Etwas in ihr machte klick. Olivia war nicht bloß wütend und lustlos. Sie fürchtete sich vor den Erinnerungen an das einstürzende Haus, an ihre eigene Todesangst und vor dem Wissen, dass die Menschen, die sie liebte, dabei ums Leben gekommen waren.

Ich weiß, wie sich das anfühlt, zumindest ein bisschen, wurde Belle sich bewusst. *Weil ich es in der Scheune der Cortez gespürt habe.*

Sie kaute auf ihrer Unterlippe herum und dachte daran, welche Fortschritte Olivia am Vortag gemacht hatte. Vielleicht war das Teil des Problems. Sie hatte etwas Ungewohntes ausprobiert und war dabei über sich selbst erschrocken, weil sie angefangen hatte, sich für neue, überwältigende Gefühle zu öffnen, mit denen sie noch nicht richtig umgehen konnte.

»Das ist es«, murmelte Belle. »Jetzt *weiß* ich, dass sie bleiben muss!«

Sie eilte in Olivias Zimmer. Die Tür stand offen, während Olivia Klamotten in ihre Tasche stopfte. Belle stürmte hinein, schnappte sich die Tasche und kippte sie über dem Bett aus.

»Hey! Was soll das werden?«, protestierte Olivia.

Belle schob die Tasche beiseite. »Hör auf, dich selbst zu belügen«, sagte sie. »Ich weiß, du hast Angst. Aber wenn du hierbleibst, kann Mom dir helfen, einen Weg zu finden, wie du mit diesen Gefühlen klarkommen kannst.«

»Ich hab keine Angst«, entgegnete Olivia. »Ich will einfach nur zurück nach Hau... äh, zu meiner Tante.«

Belle wusste, was sie eigentlich hatte sagen wollen: *Ich will einfach nur zurück nach Hause.* Aber wie sollte das gehen, wenn es das, was ihr Zuhause einmal ausgemacht hatte, nicht mehr gab? Nicht nur das Haus, sondern auch ihre Mutter, ihre Brüder und in gewisser Weise auch ihren Vater. Der Gedanke war so traurig, dass Belle für einen Moment zum Heulen zumute war.

Stattdessen ging sie auf Olivia zu. »Ich weiß, du hast Angst«, wiederholte sie. »Ich kann mir gar nicht vorstellen, wie entsetzlich das gewesen sein muss.« Sie zögerte. »Okay, ein bisschen vielleicht schon.«

»Ja klar.« Sofort war der Sarkasmus wieder da. »Ich meine, guck es dir nur mal an, dein schreckliches, tragisches Leben!« Olivia machte eine ausholende Geste, die das Haus und die gesamte Ranch einschloss.

»Nein, wirklich.« Belle holte tief Luft. »Bitte hör mir zu, das fällt mir nämlich echt nicht leicht ...« Ehe sie es sich anders überlegen konnte, erzählte sie Olivia von dem Scheuneneinsturz, der stürmischen Nacht und dem kalten, peitschenden Regen. Von dem fürchterlichen Gefühl, das zusammengesackte Dach zu sehen und zu wissen, dass sich in dem Gebäude noch Pferde befanden. Und vor allem natürlich von der schrecklichen Angst um ihre Eltern, die Cortez, die in der Falle sitzenden Pferde und Elodie und sich selbst, als das restliche Gebäude auch noch nachgegeben hatte ...

»... ich weiß, was ich für ein Glück hatte, da lebendig rauszukommen«, schloss Belle. Tränen strömten ihr über die Wangen, doch sie merkte es kaum. »Deine Mom und deine Brüder hatten dieses Glück nicht. Und das tut mir unendlich leid. Es ist total natürlich, dass du deinem Dad die Schuld gibst, weil er nicht zu Hause war. Aber er hätte ihnen nicht helfen können. Gut möglich, dass er auch gestorben wäre.«

Olivia machte ein finsteres Gesicht. »Das kannst du nicht wissen!«, fauchte sie. »Außerdem täuschst du dich. Ich hab keine Angst, ich bin stinksauer!«

»Aber du hast Albträume, oder? Ich nämlich auch.« Belle zuckte mit den Schultern. »Ich fürchte mich immer noch. Obwohl am Ende alles gut ausgegangen ist. Deswegen weiß ich, dass du entsetzliche Angst haben musst. Und das die ganze Zeit, ohne Pause.«

Olivia schlug die Hände vors Gesicht. Ein kleiner Aufschrei drang dahinter hervor, und dann noch einer. Sie warf sich aufs Bett und kauerte sich zusammen, während ihr Körper von Schluchzern geschüttelt wurde. Belle saß hilflos daneben und wusste nicht, ob sie sie trösten oder sich in Ruhe ausweinen lassen sollte.

Schließlich setzte sich Olivia auf und wischte sich mit den Händen die Tränen und den Rotz aus dem Gesicht. »Ich kann nicht aufhören, an den Moment zu denken, als das Haus eingestürzt ist«, brachte sie mit erstickter Stimme hervor. »An den Lärm, die Geräusche. Den Staub, den ich noch Tage danach in den Augen hatte ...«

Belle hielt ganz still. Sie wollte Olivia nicht erschrecken, indem sie sie umarmte oder sonst eine plötzliche Bewegung machte. Sie war einfach nur da und versuchte, Ruhe auszustrahlen, wie sie es bei einem aufgebrachten Pferd tun würde.

Olivia schniefte vernehmlich und warf Belle einen Seitenblick zu. »Ich bin so peinlich«, murmelte sie. »Ein totales Wrack.«

»Nein, du bist bloß ehrlich«, antwortete Belle. »Zum ersten Mal, seit du hier bist.«

Olivia blinzelte verdattert. »Falsch«, erwiderte sie nach einer kurzen Pause. »Ich mag wirklich keine Pferde.«

Belle lachte und Olivia fiel mit ein. »Gib ihnen noch eine Chance, okay?«, bat Belle. »Du willst doch bestimmt nicht dein Leben lang Albträume haben. Vielleicht kann Bounty dir helfen.«

»Na gut, es kann ja nicht schaden«, räumte Olivia widerstrebend ein. »Und ich hab meiner Tante versprochen, dieses Therapiegedöns wenigstens mal auszuprobieren.«

Belles Herz machte einen freudigen kleinen Hüpfer. »Heißt das, du bleibst?«

»Zumindest für heute.« Olivia zuckte mit den Schultern. »Ich schreibe Ms Hennessey, dass sie meine Nachricht ignorieren soll.«

»Super.« Belle sprang auf. »Und dann zieh dich um, Mom wartet auf dem Reitplatz auf dich.«

»Und du auch, oder?«, fragte Olivia. »Ich meine, hilfst du wieder mit, so wie gestern?«

»Klar, wenn du das möchtest.« Belle lächelte. »Ich sag Mom, dass du unterwegs bist.«

»Warte«, bat Olivia, als sich Belle zum Gehen wandte. »Weiß deine Mom Bescheid? Über das, was du mir gerade erzählt hast? Mit der Scheune und so?«

»Nein«, sagte Belle.

Olivia nickte. »Dachte ich mir. Ich hab meinem Dad auch nicht erzählt, wie ich mich fühle.« Ein Schatten huschte über ihr Gesicht. »Er verdient es nicht, das zu wissen.«

»Ich glaube, er wüsste es trotzdem gern«, sagte Belle. »So ein großes Geheimnis solltest du nicht auf Dauer vor ihm bewahren.« *Nicht wie Elodie und ich*, ergänzte sie im Stillen. *Unser Geheimnis ist etwas ganz anderes. Olivias Dad weiß bereits, was passiert ist. Er kennt bloß ihre Gefühle nicht.*

Olivia hielt den Blick auf ihr Handy gerichtet, während sie Callie schrieb. »Wie du meinst«, sagte sie. »Ich werde ihn sowieso nie wiedersehen, das spielt also keine Rolle.«

Belle wusste nicht, was sie darauf erwidern sollte. Gerade noch hatte es so ausgesehen, als hätte Olivia einen Riesenfortschritt gemacht, indem sie zugestimmt hatte, auf der Ranch zu bleiben, und Belle gebeten hatte, auf dem Reitplatz dabei zu sein. Und jetzt schien es auf einmal so, als wären sie zurück am Ausgangspunkt. »Okay«, sagte sie. »Ich warte draußen auf dich.«

16

Belle legte einen kurzen Zwischenstopp im Badezimmer ein und spritzte sich kaltes Wasser ins Gesicht, damit ihre Mutter nicht merkte, dass sie geweint hatte. Dann joggte sie zum Reitplatz hinüber, wo Kate Bounty gerade durch eine Reihe aus Verkehrshütchen führte.

»Olivia kommt gleich. Sie zieht sich noch um«, berichtete Belle. »Sie, ähm, war sich nicht sicher, ob sie das machen will. Aber ich hab sie überredet, es wenigstens mal zu versuchen.«

Sie hätte ihrer Mutter gern erzählt, was Olivia über ihren Dad gesagt hatte. Aber irgendwie kam ihr das nicht richtig vor. Es war Olivias Geheimnis, und sie sollte entscheiden, wem sie es wann anvertrauen wollte.

Als Olivia dann einige Minuten später dazukam, winkte Dr. Kate sie heran und bedeutete ihr, sich neben Bounty zu stellen. »Du hast die Lebensreise gestern richtig gut gemacht«, sagte sie. »Heute probieren wir es mal mit Pferd.«

Olivia wirkte alarmiert. »Was, ich soll das Seil halten?«, fragte sie. »Ich kann nicht gleichzeitig da durchgehen und aufpassen, dass mich das Pferd nicht über den Haufen läuft.«

Belles Mom lächelte. »Einen Schritt nach dem anderen. Wir schauen einfach, wie du zurechtkommst«, schlug sie vor. »Nimm erst mal nur das Seil. Damit du ein Gefühl dafür kriegst.«

Belle reichte den Führstrick weiter, der an Bountys Halfter befestigt war. Olivia nahm ihn entgegen, als handele es sich um eine lebendige Schlange. Bounty stand ganz ruhig da und betrachtete sie mit klaren, wachen Augen, obwohl Olivia ihn keines Blickes würdigte.

»Okay«, sagte Kate. »Jetzt versuch, ihn zu dem Gatter zu führen, wo wir gestern angefangen haben.«

»Ihn führen? Wie denn?« Olivia klang angespannt. Belle ließ sie nicht aus den Augen, bereit, Bounty jederzeit zu übernehmen, falls nötig. Das war Teil ihrer Aufgabe: einerseits die Patientin zu schützen, klar, aber andererseits auch das Pferd in Sicherheit zu bringen, wenn die Stimmung oder das Verhalten der Patientin sich negativ auf es auszuwirken drohten. Bis jetzt musterte Bounty Olivia allerdings bloß mit seiner gewohnten Neugier, als wollte er wirklich wissen, was sie als Nächstes tun würde.

»Lauf einfach los, in die Richtung, in die du gehen möchtest«, wies Dr. Kate Olivia an. »Wenn es sein muss, zieh ein bisschen am Seil und schau, was passiert.«

Olivia zuckte mit den Schultern und machte ein paar zögerliche Schritte. Bounty blieb, wo er war. Olivia hielt den Führstrick so lose, dass er ihr aus der Hand glitt, als der Abstand zu groß wurde.

»Ups«, sagte Olivia. Dann machte sie ein finsteres Gesicht. »Sehen Sie? Pferde mögen mich nicht. Sie wissen, dass ich sie auch nicht mag.« Sie wirkte plötzlich deutlich jünger als vierzehn und Belle war überrascht, wie stark der Kontrast zu der erwachsenen, besonnenen Art war, die sie bei ihrer Ankunft ausgestrahlt hatte. *Dahinter verbirgt sich bloß ein ängstliches kleines Mädchen*, schoss es Belle durch den Kopf.

»Das ist nicht der Grund, weshalb Bounty nicht mitgegangen ist«, entgegnete Dr. Kate ruhig. »Er kann Menschen gut lesen und reagiert auf Körpersignale. Aber dafür muss er diese Signale auch empfangen.«

Belle hatte den Führstrick bereits aufgehoben. Sie schüttelte den Sand ab und gab ihn ihrer Mutter. »Versuchen wir es noch mal«, sagte Kate zu Olivia. »Halte das Seil diesmal ein bisschen fester. Ungefähr so, mit beiden Händen, siehst du?« Sie packte den Führstrick mit einer Hand dicht unter Bountys Kinn, mit der anderen fasste sie das lose Ende zu einer lockeren Schlaufe zusammen. Dann gab sie ihn an Olivia weiter.

Olivia griff zögerlich zu, doch Belle sah ihr an, dass sie versuchte, es so zu machen, wie Kate es ihr gezeigt hatte. Ihre Hand war immer noch ein Stück zu weit von Bountys Kopf weg, um ihm die nötigen subtilen Signale zu geben. Aber zumindest hielt sie den Strick diesmal mit beiden Händen fest, was sie schon mal in eine weitaus bessere Position brachte.

»Gut«, lobte Kate. »Jetzt sieh Bounty an, bevor du losgehst. Stell dich neben seine Schulter – genau da, ja. Du kannst auch mit ihm reden, wenn du möchtest.«

»Von mir aus«, brummte Olivia und umklammerte den Führstrick. Sie warf dem Pferd einen Seitenblick zu. »Wir gehen jetzt los, okay?«

Sie machte ein paar Schritte, ließ dabei jedoch die Führhand sinken und verlor dadurch jeden Kontakt zum Wallach. Unsicher, was er tun sollte, setzte Bounty zögerlich ein Bein vor. In dem Moment drehte Olivia sich um und als sie sah, dass er sich bewegte, schrie sie erschrocken auf und ließ den Strick erneut fallen.

Belle verkniff sich einen frustrierten Seufzer. *Angst besiegt man am besten, indem man das Gefühl hat, eine Situation unter Kontrolle zu haben*, dachte sie. *Wenn Olivia es schafft, ihre irrationale Furcht vor Pferden zu überwinden, kommen ihr die anderen Ängste vielleicht auch nicht mehr so überwältigend vor.*

Dann bemerkte sie, dass Olivia rot wurde und sich ihre Augen mit Tränen füllten. Sie bekam ein schlechtes Gewissen. Für Olivia war das hier wirklich schwierig.

»Schon viel besser.« Dr. Kate hob den Strick auf. »Du hast es fast geschafft. Jetzt musst du Bounty nur noch die Gelegenheit geben, mit dir mitzuhalten, okay? Sollen wir es noch mal versuchen?«

Olivia nahm den Strick wieder in die Hand, schniefte tapfer und nickte. Sie stellte sich erneut neben Bounty und sah ihn aus dem Augenwinkel an. »Okay, Bounty«, sagte sie mit grimmiger Entschlossenheit. »Jetzt wird gelaufen, und zwar richtig.«

Zielstrebig marschierte sie los. Bounty senkte den Kopf und ging erst einen Schritt, dann noch einen. Olivia schaute ihn überrascht an.

»Nur weiter!«, feuerte Dr. Kate sie an. »Noch ein paar Schritte. Ihr seid fast am Gatter! Gut so! Nun versuch mal, ihn zum Stehen zu bringen. Überleg dir, wo du anhalten möchtest, straff die Schultern und bleib stehen.«

Olivia trat noch einen Schritt näher aufs Gatter zu. Belle konnte sehen, wie sie die Schultern straffte, bevor sie anhielt. Bounty blieb neben ihr stehen.

»Oh!« Olivia machte große Augen. »Es hat geklappt!«

Belle hätte vor Freude am liebsten laut aufgelacht, verkniff es sich jedoch.

»Ja, das habt ihr gut gemacht, alle beide«, bestätigte ihre Mutter.

»Er sieht mich an«, sagte Olivia. »Warum sieht er mich an?«

»Er wartet, was als Nächstes kommt«, erklärte Kate. »Ihr seid jetzt Partner! Wenn du möchtest, kannst du ihn zur Belohnung streicheln.«

Vorsichtig streckte Olivia die Hand aus und strich Bounty über das Gesicht. »Hey, seine Nase ist ja superweich«, flüsterte sie. »Wie Samt!«

»Ja. Toll, oder?« Dr. Kate lächelte. Dann drehte sie sich um und ließ den Blick über die Hindernisse auf dem Reitplatz schweifen. »Lass uns für diese Lebensreise mal etwas anderes probieren. Belle, bringst du mir bitte das Slide Rope?«

Belle eilte zu der Tonne am Rand des Reitplatzes, wo ihre Mutter das weitere Zubehör aufbewahrte. Im Nu hatte sie das Slide Rope gefunden, bei dem es sich um ein extralanges Seil ohne Haken handelte. Es wurde durch den Metallring an der Unterseite des Halfters gefädelt und hatte dadurch deutlich mehr Bewegungsfreiheit als ein normaler Führstrick. Eine Person nahm das eine Ende, eine zweite das andere, und so konnten sie das Pferd zwischen sich führen.

»Gut«, sagte Kate, als Belle den Führstrick losmachte und das Slide Rope durch den Halfterring schob. »Belle, bitte nimm das eine Ende. Olivia, du nimmst das andere. Belle ist da, falls Bounty und du Unterstützung braucht, aber du hast das Sagen, okay? Bounty hat eine Verbindung zu dir aufgebaut und reagiert auf deine Gesten und Körperhaltung.«

Nach ein paar kleineren Anlaufschwierigkeiten brachte Olivia Bounty dazu, wieder loszugehen. Dr. Kate erinnerte sie daran, ruhig und gleichmäßig zu atmen, weil Pferde extrem sensibel für jegliche Form von Anspannung waren und sie als Zeichen zur Flucht deuten konnten. Das lag daran, dass sie Beutetiere waren, erklärte sie. Wenn sie eine Bedrohung witterten, liefen sie weg, statt zu kämpfen, weil davon ihr Leben abhängen konnte. Und als Herdentiere waren sie permanent darauf ausgerichtet, auch das kleinste Gefahrensignal von den Pferden um sie herum aufzufangen.

Olivia hörte aufmerksam zu und nickte, während sie Bounty musterte. Der schwarz-weiße Wallach hatte nicht allzu viel Ähnlichkeit mit einem Wildpferd, wie er so dastand, eines seiner Hinterbeine ausruhte und mit den Ohren zuckte, um eine Fliege zu vertreiben. Doch Belle sah, wie Olivias Züge weicher wurden. Offensichtlich begann sie, ihren tierischen Gefährten zu verstehen und nicht länger als etwas Fremdartiges, Beängstigendes wahrzunehmen. Als Olivia diesmal loslief, sprach sie in einem leisen, beruhigenden Tonfall mit Bounty und auch ihre Schultern entspannten sich, als wollte sie zeigen, dass kein Grund zur Sorge bestand. Bounty zockelte neben ihr her und wartete, ein Ohr in ihre Richtung gedreht, geduldig auf das nächste Signal.

Belle passte sich ihrem Tempo an, ließ ihr Ende des Seils aber lose hängen, damit die Führung größtenteils von Olivia ausging. Durchs Gatter kamen sie so allerdings nicht. Belle lief kurzerhand außenrum und hob das Seil über den Pfosten, sodass Olivia und Bounty zusammen hindurchtreten konnten. Danach steuerten sie auf die Stangen am Boden zu, die Olivia am Vortag noch allein in Angriff genommen hatte.

Wieder hielt sich Belle am Rand des Hindernisses, damit Olivia und Bounty die ganze Breite der Stangen für sich hatten. Olivia lächelte, als Bounty die erste Stange problemlos meisterte. Dann stieß er mit dem Vorderhuf gegen die zweite Stange. Es knallte dumpf, Olivia schnappte erschrocken nach Luft und die Stange rollte davon.

»O nein!«, rief Olivia. »Hat er sich wehgetan?«

»Nein, ihm ist nichts passiert«, versicherte Dr. Kate. »Er ist bloß ein bisschen tollpatschig. Das macht ihm nichts aus.«

Belle wechselte einen Blick mit ihrer Mutter, um diesen kleinen Moment des Triumphes mit ihr zu teilen. Olivia sorgte sich um Bountys Wohlergehen, was ein gewaltiger Durchbruch war. Sie begann, eine Verbindung zu dem Wallach herzustellen und auf etwas jenseits ihres Traumas einzugehen. Die Tür war offen, damit Bounty ihr bei der Genesung helfen konnte.

Nachdem sie die Stangen hinter sich gebracht hatten, führte Olivia Bounty auf die beiden Fässer zu. Belle blieb hoch konzentriert, denn sie wusste, dass dies ein entscheidender Punkt der Lebensreise war. Dieses Hindernis würde zeigen, wie nah die Patientin das Pferd an sich heranließ. Sie hielt ihr Ende des Seils noch etwas lockerer, damit Bounty die nötige Bewegungsfreiheit hatte.

Als sie das erste Fass umrundeten, Olivia auf der Innenseite, Bounty außen neben ihr, rückte Bounty etwas näher an sie heran. »Hey, pass gefälligst auf«, rief Olivia und sprang so hastig beiseite, dass sie über ihre eigenen Füße stolperte und sich am Fass festhalten musste, um nicht hinzufallen.

»Ist schon gut«, beruhigte Dr. Kate sie. »Mach weiter. Er wird nicht auf dich drauftreten. Er versucht bloß zu tun, was du von ihm willst.«

»Okay.« Olivia klang nicht sonderlich überzeugt. Doch als sie das zweite Fass umrundeten, blieb sie standhaft, auch als Bounty näher kam, und passte sich seinen Bewegungen an. Daraufhin rückte der freundliche Pinto-Wallach noch etwas dichter an sie heran und bog seinen Hals und Körper um sie herum, sodass er sie, wie Belles Mom es gern nannte, »auf Pferdeart umarmte«.

Die gute alte Umarmung!, dachte Belle lächelnd.

Olivia wirkte überrascht, als sie zu dem Pferd aufsah, das ihr näher war als je zuvor. Belle rechnete damit, dass sie zurückweichen würde, und verkniff sich nur mit Mühe einen kleinen Freudenschrei, als Olivia sich stattdessen zu Bounty herüberbeugte und sich für einen kurzen Moment an seinen kräftigen schwarz-weißen Hals lehnte.

»Ich dachte immer, Pferde stinken«, sagte Olivia. »Aber Bounty riecht eigentlich ganz angenehm.«

Belle wechselte über Bountys Rücken hinweg einen glücklichen Blick mit ihrer Mutter. »Ich finde, das ist ein guter Schlusspunkt für heute«, befand Dr. Kate. »Gute Arbeit, Olivia!«

»Danke.« Olivia schien sich darüber zu freuen. »Aber ich hab nicht alles richtig gemacht«, ergänzte sie unsicher. »Soll ich es nicht besser noch mal wiederholen?«

»Nicht nötig. Es war vielleicht nicht alles perfekt, aber du hast es weiter versucht, und das ist das Wichtigste«, antwortete Dr. Kate. »Ich weiß, wie schwierig das für dich war. Du musstest Bounty und mir vertrauen und obendrein noch Belle, weil sie das andere Ende des Seils gehalten hat. Das ist eine große Sache und ein wichtiger Teil der Reise für uns alle.«

»Kann sein.« Olivia tätschelte Bounty noch einmal. »Na, jedenfalls danke, Bounty. Du bist echt ziemlich cool. Also, für ein Pferd.«

Innerlich stieß Belle einen gewaltigen Freudenschrei aus. Sie würde niemals genug davon bekommen zuzusehen, wie die Pferde eine Verbindung zu den Patienten ihrer Mutter aufbauten. Bounty war auf eine Weise auf Olivia zugegangen, wie es kein Mensch vermochte, und Olivia hatte nicht anders gekonnt, als sich darauf einzulassen. *Es ist wie Magie. Und zwar jedes Mal wieder*, dachte Belle glücklich, während sie zusah, wie Olivia Bounty vom Reitplatz führte.

17

Nach dem Abendessen ging Belle nach draußen auf die Terrasse, machte es sich auf einem der Liegestühle bequem und sah in den Himmel. Es war eine überwältigend klare Nacht und die Sterne sahen aus wie Goldstaub, der die kobaltblaue Kuppel des dunkler werdenden Himmels sprenkelte.

Die Glastür glitt auf. Bogart, ein hübscher schwarz-weißer Kater, kam angerannt und sprang auf Belles Schoß, wo er sich schnurrend und ihre Beine knetend um die eigene Achse drehte, bis er einen geeigneten Platz gefunden hatte, um sich zusammenzurollen. Belles Mutter folgte ihm. Sie ließ sich auf der Kante des Liegestuhls neben ihrer Tochter nieder.

»Ist das nicht eine schöne Nacht?«, fragte Belle.

»Ja, und wie.« Ihre Mutter blickte zu den Sternen hinauf. »Du hast das heute wirklich toll gemacht, Liebes.«

»Danke«, sagte Belle. »Fiesta ist so gut drauf. Ich weiß echt nicht, warum ich mir überhaupt Sorgen gemacht habe, dass wir nicht bereit sein könnten, falls wir ins Future Champions Camp aufgenommen werden.«

»Das meinte ich nicht. Natürlich warst du beim Training toll, aber mir geht es darum, was danach passiert ist. Ich war mir wirklich nicht sicher, ob Reittherapie das Richtige für Olivia ist.«

»Ich auch nicht«, gestand Belle.

Ihre Mutter betrachtete immer noch den Sternenhimmel. »Sie hat gesagt, du hättest sie überredet, es noch mal zu versuchen«, fuhr sie fort. »Wie hast du das geschafft?«

Belle zögerte. Sie konnte ihrer Mutter nicht von ihren Ängsten erzählen, die sie wegen des Scheuneneinsturzes immer noch plagten, und sie wollte auch keins von Olivias Geheimnissen preisgeben.

»Ich hab daran gedacht, was du heute Morgen gesagt hast«, begann sie vorsichtig. »Dass Fiesta wütend wird, wenn sie Angst hat. Ich dachte, das trifft vielleicht auch auf Olivia zu.«

Ihre Mutter nickte. »Gut beobachtet.«

»Also hab ich Olivia gesagt, dass sie ehrlich zu sich sein soll. Darüber, was sie wirklich fühlt, und warum.«

Ihre Mutter schwieg. Sie schien zu erwarten, dass da noch mehr kam. »Das ist alles?«, fragte sie nach einer Weile.

»Na ja …« Belle zögerte erneut. »Ähm, hat sie mit dir über ihren Dad geredet?«

Ihre Mutter machte ein nachdenkliches Gesicht. »Soweit ich weiß, will sie ihn im Moment nicht sehen. Ich habe nicht weiter nachgehakt, weil ich glaube, dass wir noch nicht an dem Punkt sind, wo wir daran arbeiten können.«

Belle biss sich auf die Unterlippe. Sie wollte fragen, warum nicht, aber sie hielt sich zurück, weil sie genau wusste, dass ihre Mutter es ihr sowieso nicht verraten würde. Das wäre Olivia gegenüber nicht fair. Genauso wenig, wie wenn Belle Olivias Geheimnisse ausplauderte.

Aber vielleicht gab es noch einen anderen Weg …

Sie tat so, als müsste sie gähnen, und stand auf. »Ich glaube, ich geh dann mal ins Bett. War ein langer Tag.«

Nachdem sie ihrer Mutter Gute Nacht gesagt hatte, lief Belle in ihr Zimmer und schloss die Tür. Sie holte ihr Handy hervor und überflog noch einmal den Artikel, den sie neulich im Diner gelesen hatte, bis sie die Stelle fand, wo der volle Name von Olivias Vater genannt wurde: Dr. Michael Fisher. Als sie ihn in der Suchmaschine eingab, führte sie gleich der erste Treffer zu seiner Zahnarztpraxis in San Luis Obispo.

Als Nächstes suchte sie die Busverbindungen von Hope Falls in die Stadt raus. Danach zögerte sie einen Moment. War das, was sie nun vorhatte, wirklich so eine gute Idee?

Warum eigentlich nicht?, dachte sie und tippte auf Patricks

Nummer, bevor sie es sich anders überlegen konnte. *Olivia zu helfen, ist wichtiger, als mir Gedanken über Patricks Motive zu machen. Er hat sich ja nicht wie ein Spion oder selbstverliebter Mistkerl oder so was aufgeführt. Er ist einfach ein netter Kerl, der mich vielleicht sogar gut findet!*

»Belle?« Patrick schien sich zu freuen, von ihr zu hören. »Bist du das?«

»Ja, ich bin's.« Belle drückte sich das Handy ans Ohr. »Ich muss morgen was in San Luis Obispo erledigen. Können wir uns treffen? Ich kenne mich dort nicht so gut aus und hab nicht superviel Zeit, um mich zurechtzufinden.«

»Na klar!«, antwortete er, ohne zu zögern. »Das klingt ganz schön mysteriös. Geht es um eine supergeheime Geheimmission oder verrätst du noch mehr?«

»Das sag ich dir, wenn wir uns sehen«, versprach Belle. Nachdem sie ausgemacht hatten, dass sie ihm schreiben würde, wann der Bus ankam, legte sie auf. Es war ein gutes Gefühl, dass sie ihr Vorhaben nicht allein angehen musste.

Sofern es überhaupt so weit kommt, rief sie sich ins Gedächtnis. *Ich brauche erst noch Moms und Dads Erlaubnis, in die Stadt zu fahren.*

Sie lief ins Wohnzimmer. Ihre Eltern, ihre Schwestern und Olivia hatten sich auf dem großen Ledersofa und den verschiedenen üppig gepolsterten Sesseln verteilt und sahen sich eine der Lieblings-Comedysendungen der Familie an.

»Komm, setz dich zu uns, Belle.« Ihr Vater klopfte neben sich aufs Sofa.

»Danke, aber vorher muss ich euch noch was fragen.«

Ihr Vater drückte auf Pause. »Schieß los.«

Belle holte tief Luft. »Ähm, erinnert ihr euch an Patrick? Er hat mich eingeladen, ihn morgen bei sich zu Hause zu besuchen. Ich kann mit dem Bus hinfahren und er holt mich dann ab.«

Ihre Eltern wechselten einen Blick und lächelten. »Verstehe«, sagte ihre Mutter. »Nun ja, er scheint mir ein wirklich netter junger Mann zu sein. Ich denke, das geht in Ordnung, sofern du deine Schwestern überreden kannst, deine Aufgaben zu übernehmen.«

»Ich mach das!«, rief Elodie. Sie hüpfte aufgeregt auf ihrem Sessel herum und grinste übers ganze Gesicht. »Aber nur, wenn du uns alles erzählst. Und zwar absolut *alles*!« Sie zwinkerte Grace zu. »Besonders, wenn's ums Küssen geht!«

Belle verdrehte die Augen, als ihre Schwestern anfingen zu kichern. Selbst Olivia wirkte amüsiert.

»Ich kann dich morgen früh zum Busbahnhof bringen«, bot ihr Vater an. Einer seiner Mundwinkel zuckte verdächtig. »Ich muss vor dem Wochenende sowieso noch ein Ersatzteil für meine Kettensäge abholen.«

»Danke«, sagte Belle und ergriff die Flucht, bevor ihr Gesicht noch roter anlaufen konnte. Mit den Auswirkungen ihrer kleinen Patrick-Flunkerei würde sie sich später noch befassen müssen. Aber nun war sie erst mal froh, dass die romantische Ader ihrer kleinen Schwester sie vor weiteren Fragen ihrer Familie bewahrt hatte.

Als der Bus am nächsten Tag durch die Vororte von San Luis Obispo tuckerte, wurde es Belle langsam ziemlich mulmig. *Vielleicht ist das doch keine so gute Idee*, dachte sie, während sie zusah, wie Häuser und Geschäfte am Fenster vorbeizogen. *Wahrscheinlich sollte ich es Mom überlassen, sich um Olivias Probleme zu kümmern. Sie macht das schließlich beruflich.* Insgeheim plagte sie jedoch immer noch das schlechte Gewissen, weil sie Olivias Geschichte im Internet nachgelesen und Olivia damit zutiefst getroffen hatte. Sie hatte damit eine Grenze überschritten – aber auch Informationen gefunden, die Olivia bei der Genesung helfen konnten. War sie dadurch nicht verpflichtet, diese auch zu nutzen? Oder verursachte sie damit nur noch mehr Probleme?

Der Bus näherte sich dem Busbahnhof und Belle erblickte Patrick, der dort auf sie wartete. Er hatte die Hände in die Taschen seiner Kakishorts geschoben und der Wind zerzauste sein blondes Haar. Sie lächelte, als ihr klar wurde, dass sie sich freute, ihn zu sehen, egal aus welchem Anlass.

Seine Augen leuchteten auf, als sie ausstieg. »Da bist du ja!«

Sie lachte und strich sich eine Strähne hinters Ohr, die der Wind ihr ins Gesicht geweht hatte. »Was hast du denn gedacht? Ich bin keine komplette Hinterwäldlerin!«

Patrick grinste. »Okay, meine Stiefmom meinte, wir können unseren Uber-Account benutzen, uns steht also ganz San Luis Obispo offen. Wo soll's denn hingehen?«

Mit einem Schlag war Belles Zuversicht zurück. Mochte sein, dass sie das im Gegensatz zu ihrer Mom nicht beruflich machte, aber Olivias Mut und Entschlossenheit bei der Arbeit mit Bounty hatten sie tief beeindruckt. Es musste Olivia viel Kraft gekostet haben, ihre Therapie fortzusetzen, nachdem Belle unerlaubt in ihre Privatsphäre eingedrungen war. Belle schuldete es Olivia, ihr zu helfen, wo immer sie konnte. Und sie mit ihrem Vater zu versöhnen, erschien ihr wie der wichtigste Schritt überhaupt. Er war der Einzige aus ihrer unmittelbaren Familie, den Olivia noch hatte. Sie durfte ihn nicht auch noch verlieren.

»Das ist die Adresse.« Belle zeigte Patrick ihr Handy.

Patrick gab sie in seine Navi-App ein und blinzelte verdutzt. »Eine Zahnarztpraxis? Musst du zur Vorsorgeuntersuchung, oder was?«

»Nein«, sagte Belle. »Dr. Fisher ist Olivias Dad.«

Patrick runzelte die Stirn. »Olivia ist das Mädchen, das du

mir neulich vorgestellt hast«, vergewisserte er sich. »Die Patientin deiner Mom, richtig? Warum besuchen wir ihren Dad?«

»Weil ich mit ihm reden muss. Ich will ihm sagen, dass er kommen und nach seiner Tochter sehen soll.«

Patrick wirkte nicht überzeugt. »Hat deine Mom dich darum gebeten?« Als Belle den Kopf schüttelte, seufzte er und fuhr sich mit einer Hand durch die Haare. »Ich weiß nicht so recht. Bist du sicher, dass du dich da einmischen solltest?«

»Ja.« Belle schaltete auf stur. »Olivia wird niemals darüber hinwegkommen, was passiert ist, wenn sie es nicht schafft, ihrem Dad zu verzeihen. Und ein besserer Weg, sie dazu zu bringen, fällt mir nicht ein.« Jetzt war sie es, die sich durch die Haare fuhr, wenngleich aus Frust, nicht aus Ratlosigkeit. »Olivia kann nicht an ihrem Verhältnis zu ihrem Dad arbeiten, wenn sie so tut, als gäbe es ihn nicht. Sie soll wieder glücklich werden können, darum geht es!«

»Aber wenn es ihr so schlecht geht, dass sie bei deiner Mom in Behandlung ist ...«, setzte Patrick an.

»Sie ist schon so weit gekommen«, beharrte Belle. »Sie wird auf jeden Fall mit einem Besuch von ihrem Dad fertig. Da bin ich mir sicher. Du hättest sie gestern mit Bounty sehen sollen! Sie war ein völlig neuer Mensch.«

»Okay, okay.« Patrick hob beschwichtigend die Hände. »Du kennst dich mit solchen Sachen besser aus als ich. Wenn du der Meinung bist, es ist das Richtige, dann soll mir das nur recht sein.« Er ließ die Hände sinken. »Aber wie lautet der Plan? Wir können nicht einfach in die Praxis stürmen und Olivias Dad zu deiner Ranch schleifen.«

»Ich weiß. Lass uns erst mal hinfahren.« Belle war erleichtert, dass Patrick wieder auf ihrer Seite war. »Mir fällt schon was ein.«

Die Zahnarztpraxis befand sich in einem modernen Gebäude in einem ruhigen, von Bäumen gesäumten Häuserblock. Drinnen saßen bereits einige Patienten im Wartezimmer.

»Tut mir leid«, sagte die Sprechstundenhilfe, als Belle um ein Gespräch mit Dr. Fisher bat. »Heute sind schon alle Termine belegt. Soll ich nachsehen, ob nächste Woche noch etwas frei ist?«

»Ich brauche keinen Termin«, erwiderte Belle. Sie dachte fieberhaft nach. Ihr war gar nicht in den Sinn gekommen, dass sie abgewiesen werden könnte, ohne mit Olivias Vater gesprochen zu haben. »Es geht um seine Tochter. Es ist wirklich wichtig. Ich muss unbedingt mit ihm reden. Es dauert auch nicht lang.«

Die Sprechstundenhilfe sah erst verwirrt, dann besorgt aus. »Verstehe.« Sie warf einen Blick auf den Computermonitor. »Ich kann Dr. Fisher fragen, ob er nach seinem jetzigen Patienten kurz Zeit hat. Auf der anderen Straßenseite gibt es ein Café. Warum wartet ihr nicht dort auf ihn?«

Belle und Patrick ließen sich an einem freien Tisch im Café nieder. Überall standen Topfpflanzen herum und an den Ziegelwänden hingen bunte Poster und Gemälde. »Hier war ich schon mal«, verkündete Patrick. »Der Cappuccino ist unglaublich. Möchtest du? Ich geb dir einen aus.«

»Gern, danke«, antwortete Belle geistesabwesend. Sie bekam kaum mit, wie er aufsprang und zum Tresen ging. Dafür war sie viel zu sehr damit beschäftigt, sich Gedanken darüber zu machen, was sie zu Dr. Fisher sagen wollte.

18

Vierzig Minuten später war sie sich immer noch nicht sicher. Aber vielleicht spielte es auch keine Rolle. Die Tassen vor ihr auf dem Tisch waren beinahe leer und Dr. Fisher hatte sich noch immer nicht blicken lassen. Sie hatten sich die Zeit mit Gesprächen über Pferde und Reitturniere vertrieben, und Belle fiel endlich wieder ein, Patrick zu fragen, ob er schon vom Komitee des Future Champions Camps gehört hatte.

»Nein, noch nicht.« Er grinste. »Aber ich gehe davon aus, dass wir uns dort treffen.«

Belle spielte mit ihrer Serviette. Der Gedanke ans Camp machte sie nervös und ein bisschen beklommen. »Du bist dir ja ganz schön sicher. Hast du keine Angst, es zu verschreien?«

»Ich glaube nicht an so was.« Er schlürfte das letzte bisschen Schaum aus seiner Tasse und warf dann einen Blick auf die Uhr an seinem Handy. »Wie lange wolltest du noch warten? Ich hab nämlich überlegt, ob du …«

Den Rest hörte Belle schon nicht mehr. Das Glöckchen über der Eingangstür klingelte, und sobald Belle den Mann sah, der eingetreten war, wusste sie, dass es sich um Olivias Vater handelte. Er hatte das gleiche markante Kinn und die gleichen dunklen Haare wie sie, auch wenn sein Gesicht müde und zerfurcht war. Die Augen hinter seiner dunkel umrahmten Brille strahlten eine solche Traurigkeit aus, dass Belle sie förmlich spüren konnte.

Sie sprang auf. »Dr. Fisher?«, platzte sie heraus. »Danke, dass Sie gekommen sind.«

Er rieb sich die Stirn. »Ja hallo, worum geht's denn, junge Dame?«, erkundigte er sich. Er klang freundlich, aber nicht ganz bei der Sache. »Meine Sprechstundenhilfe sagte, du hättest nach Olivia gefragt. Bist du eine Schulfreundin von ihr?«

»Nein.« Belle erklärte, wer sie war, und stellte Patrick vor.

Dr. Fishers Augenbrauen verschwanden vor lauter Überraschung fast in seinem Haaransatz. »Wieso bist du hier? Ist mit Olivia alles in Ordnung? Dr. Beaumont hat sich gar nicht bei mir gemeldet.«

Belle beeilte sich, ihn zu beruhigen. »Olivia geht es gut. Äh, meine Mom weiß eigentlich nicht, dass ich hier bin.« Sie spürte, dass sie rot wurde. Wie würde Olivias Dad reagieren? Was, wenn er fand, dass sie eine Grenze überschritt?

»Aha«, sagte Dr. Fisher. »Und wie kann ich dir helfen?«

»Ich glaube eher, dass ich Ihnen helfen kann«, erwiderte Belle leicht verlegen. »Ich meine, ich habe meiner Mom bei den Sitzungen mit Olivia assistiert und sie dadurch ein bisschen kennengelernt. Sie macht das echt toll! Aber jetzt braucht sie Sie. Sie ... sie muss ihnen verzeihen, um weiterzukommen.«

Dr. Fisher blinzelte. »Mir verzeihen?«, fragte er. »Soll das heißen, sie hat dir erzählt, dass ich, äh, nicht zu Hause war, als es passiert ist?«

»Ja«, antwortete Belle. »Ich weiß, dass ihre Mom und Sie sich gestritten haben. Olivia ist ziemlich wütend deswegen.« Sie zuckte mit den Schultern. »Aber sie ist noch wütender, dass sie ihre Mom und ihre Brüder verloren hat, wenn Sie verstehen, was ich meine.«

Dr. Fisher runzelte die Stirn. »Da bin ich mir nicht so sicher. Ich liebe meine Tochter über alles auf der Welt, aber ich versuche, ihr den nötigen Raum zu geben, den sie zum Trauern braucht. Ich weiß, dass sie mir Vorwürfe macht, weil ich zum Zeitpunkt der Explosion nicht zu Hause war. Sie glaubt, ich hätte ihre Mom und ihre Brüder irgendwie retten können. Ich kann sie nicht zwingen, ihre Meinung zu ändern, daher dachte ich, ich lasse sie in Ruhe, bis sie stark genug ist, mich zu sehen.«

»Sie sind nicht das Problem«, erklärte Belle. »In Wahrheit

ist sie nicht auf Sie wütend. Das glaubt sie nur. Aber sie täuscht sich.«

Olivias Vater nahm die Brille ab und wischte ein Staubkorn von einem der Gläser. »Du klingst wie eine professionelle Therapeutin«, bemerkte er.

Belle schluckte. »Das bin ich wirklich nicht«, stammelte sie. »Aber ich arbeite viel mit meiner Mom zusammen und daher hab ich ein ganz gutes Gefühl dafür, wie ihre Patienten ticken.« Das klang alles andere als überzeugend. Bestimmt würde Dr. Fisher sie jeden Moment nach Hause schicken und Belle konnte es ihm nicht mal verübeln. Sie warf Patrick einen Blick zu, der sie anstarrte, als wäre ihr ein zweiter Kopf gewachsen.

»Na, jedenfalls«, sprach sie hastig weiter, »finde ich, dass Sie vorbeikommen und eine Therapiestunde mit Olivia absolvieren sollten. Dann sehen Sie, wie toll sie sich schlägt, wie tapfer sie ist. Anfangs hatte sie tierische Angst vor den Pferden, aber jetzt kommt sie echt super mit ihnen klar.« Sie merkte, dass sie ein bisschen übertrieb, beschloss aber, dass das nicht weiter schlimm war. Was zählte, war, dass Olivias Vater begriff, wie wichtig das hier war.

Dr. Fisher setzte seine Brille wieder auf und musterte Belle. »Dr. Beaumont wurde mir von mehreren Leuten wärmstens empfohlen«, begann er. »Wie es scheint, tritt ihre Tochter in ihre Fußstapfen.« Seine Lippen verzogen sich zum Anflug eines Lächelns und in Belle keimte neue Hoffnung auf. »Natürlich besuche ich Olivia auf der Ranch«, sagte er. »Ich würde alles für sie tun. Sie ist alles, was ich noch habe.« Er räusperte sich. »Aber ich verstehe, warum sie mich nicht sehen will. Ich dachte, es würde helfen, wenn ich ihr etwas Zeit gebe.«

»Aber die haben Sie nicht!«, rief Belle. Ihr wurde klar, dass sie etwas zu melodramatisch klang, und fuhr mit ruhigerer Stimme fort: »Ich meine, wer weiß, was noch alles passiert? Ein weiteres Gebäude könnte einstürzen und dann ist es zu spät.«

Patrick legte ihr eine Hand auf den Arm, und Belle erkannte, dass sie damit womöglich zu weit gegangen war. Und doch konnte sie für einen kurzen Moment an nichts anderes denken als an das warme Gefühl seiner Hand auf ihrer Haut ...

Sie zwang sich ins Hier und Jetzt zurück. »Es tut mir leid«, beteuerte sie. »Das hätte ich nicht sagen sollen. Aber ich finde wirklich, Sie sollten kommen.«

»In Ordnung.« Dr. Fisher nickte. »Soll ich deine Mutter anrufen, um einen Termin zu vereinbaren?«

»Äh, nein, das ist nicht nötig«, versicherte Belle schnell und ein wenig schuldbewusst. Ihre Mom würde vermutlich nicht allzu begeistert sein, wenn sie von Belles Alleingang erfuhr. »Sie brauchen nicht anzurufen. Ich sag ihr Bescheid, dass Sie kommen. Wie wär's mit nächstem Samstag?« Das war Olivias letzter Tag ihres zweiwöchigen Aufenthalts auf der Ranch. *Bis dahin*, dachte Belle, *sollte sie wohl mehr als bereit sein, ihren Vater wiederzusehen.*

»Klingt gut.« Er sah auf seine Uhr. »Ich muss zurück in die Praxis. Dann bis nächsten Samstag.« Er wandte sich zum Gehen, blickte sich aber noch mal zu Belle um und lächelte traurig. »Danke.«

Als er gegangen war, merkte Belle, dass Patrick sie immer noch anstarrte – oder schon wieder. Sie drehte sich zu ihm und sah in seine großen blauen Augen. »Hab ich mich komplett zum Affen gemacht?«, fragte sie.

»Nee.« Ein breites Grinsen erschien in Patricks Gesicht. »Du warst total genial!«

Belle atmete auf. »So weit würde ich nicht unbedingt gehen«, erwiderte sie lachend. »Ich fand, das war eine ziemliche Achterbahnfahrt!«

»Das hast jetzt du gesagt«, entgegnete Patrick.

Belle lachte erneut. Die Formulierung hatte er in einer seiner ersten Nachrichten an sie schon mal verwendet. »Okay, mein Bus fährt erst in ein paar Stunden. Was kann man hier an einem sonnigen Freitagnachmittag sonst noch anstellen, außer ahnungslose Zahnärzte zu belästigen und Cappuccino zu trinken?« Vor Erleichterung war sie ganz hibbelig. Dr. Fisher hatte sie nicht nur nicht abgewiesen, sondern würde tatsächlich zu ihnen auf die Ranch kommen.

Belle wusste, sie war ein großes Risiko eingegangen, aber es schien sich ausgezahlt zu haben.

»Na ja, eigentlich wollte ich fragen, ob du deine Rückfahrt auch auf morgen verschieben kannst«, antwortete Patrick. »Meine Familie veranstaltet heute Abend ein kleines Barbecue und ein paar meiner Freunde kommen auch. Wäre schön, wenn du sie kennenlernen würdest. Meinst du, das geht? Wir haben jede Menge Platz für Übernachtungsgäste.«

Belles Herz schlug schneller, teils vor Überraschung, teils vor einer Art kribbeliger Freude. Hatte Patrick sie gerade ernsthaft eingeladen, bei ihm zu übernachten? Kurz fürchtete sie, dass er bloß auf eine schnelle Eroberung aus war. Aber wenn sie so in sein freundliches, offenes Gesicht blickte, konnte sie das nicht recht glauben.

»Ich weiß nicht«, sagte sie und blickte an sich hinab. Sie trug eine schlichte kurze Hose und ein nichtssagendes T-Shirt. »Ein Barbecue? Ich glaube, für eine Party bin ich nicht richtig angezogen.«

Patrick zuckte mit den Schultern. »Mir gefällt's. Aber wenn du willst, kannst du dir was von meiner Schwester ausleihen. Ihr müsstet ungefähr die gleiche Größe haben.« Er grinste und beugte sich zu ihr vor. »Lass mich nicht betteln, okay? Ich fänd's echt schön, wenn du kommen würdest.«

Belle blickte in seine tiefen graublauen Augen. Sie war immer noch verwirrt, aber diesmal auf eine gute Weise. War er wirklich nur ein Freund, wie sie es jedem sagte? Oder war da vielleicht mehr?

Sie beschloss, nicht länger darüber nachzudenken. So oder so hatte er sich bisher nichts zuschulden kommen lassen. Und Belle hatte einige nervenaufreibende Tage hinter sich. Warum sollte sie sich zur Abwechslung nicht mal entspannen und ein kleines bisschen gehen lassen? Sie hatte es sich wahrlich verdient!

»Okay«, verkündete sie. Sie fühlte sich mutig und abenteuerlustig und ja, irgendwie auch glücklich. »Wenn meine Eltern nichts dagegen haben, bin ich dabei.«

19

»Wow«, sagte Belle zum gefühlt vierzehnten Mal, seit sie bei Patrick zu Hause angekommen waren.

Das Haus war unglaublich. Es war eine moderne, weiß gestrichene Villa inmitten eines weitläufigen Grundstücks in einem Vorort von San Luis Obispo. Gerade zeigte Patrick ihr ihre Gästesuite, die größer war als ihr Zimmer und die Zimmer ihrer Schwestern zusammen.

»Hier ist dein Badezimmer.« Patrick öffnete die Tür zu einem großen, mit blauen Fliesen ausgekleideten Raum. »Im Schrank sind Handtücher und was du sonst noch brauchst. Ruh dich ein bisschen aus, während ich mich auf die Suche nach meiner Familie mache.«

»Okay.« Belle wartete, bis er gegangen war, dann zog sie ihr Handy aus der Tasche und startete einen Videochat mit

Elodie. »Hol Grace«, kommandierte sie, als ihre Schwester ranging. »Ihr müsst das hier unbedingt sehen!«

»Ist das Patricks Zuhause?«, fragte Elodie. »Grace! Komm mal her!«

Wenig später waren die verzückten Rufe von Belles Schwestern zu hören, als sie ihnen das riesige Zimmer, die Badewanne mit Massagedüsen und den Schrank voller Gäste-Pyjamas und Morgenmäntel zeigte. Sie drehte das Handy zum Fenster, sodass sie den Garten mit dem großen Infinity-Pool, an dessen Ende ein Wasserfall plätscherte, dem Tennisplatz und dem prachtvollen Rosengarten sehen konnten.

»Unglaublich!«, staunte Elodie und Grace nickte mit großen Augen. »Na, hoffentlich wird das was mit dir und Patrick. Ich will nämlich unbedingt zur nächsten Party eingeladen werden!«

Belle grinste. »Sagt Mom und Dad, dass ich gut angekommen bin, ja? Und richtet ihnen noch mal ein fettes Dankeschön aus, dass sie mir erlaubt haben, hier zu übernachten«, ergänzte sie. Im Flur waren Schritte zu hören. »Ich muss jetzt auflegen.«

Sie hatte den Anruf kaum beendet, als eine junge Frau in einer makellosen weißen Hose und einem hellblauen Poloshirt den Kopf zur Tür hereinsteckte. »Miss Beaumont?«, fragte sie höflich. »Patrick hat mich gebeten, Sie in den Salon zu begleiten.«

»Ähm, okay, danke.« Belle folgte der Frau – bei der es sich vermutlich um ein Hausmädchen oder eine andere Angestellte handelte – nach unten in einen geschmackvoll dekorierten Raum. Dort wartete Patrick mit zwei bildschönen Frauen mit asiatischen Zügen. Eine war im Alter von Belles Mom, die andere etwas älter als Patrick und sie.

»Hab sie gefunden!« Patrick lächelte und ergriff Belles Hand. »Mein Dad musste kurzfristig weg – irgendein geschäftlicher Notfall –, aber du hast ihn ja schon kennengelernt, oder? Das sind meine Stiefmom Nina und meine Stiefschwester Esme.« Er senkte die Stimme zu einem Flüstern, das aber laut genug war, dass alle im Raum ihn hören konnten. »Esme ist achtzehn und hält sich für superschlau. Aber abgesehen davon, ist sie eigentlich ganz cool.«

»Und ob ich cool bin, kleiner Bruder.« Esme grinste und trat vor, um Belle die Hand zu schütteln. »Hi, Belle. Ich hab gehört, du brauchst was zum Anziehen für heute Abend.«

»Äh, ja danke, wenn es dir nichts ausmacht«, antwortete Belle höflich.

Patricks Stiefmom Nina schmunzelte. »Das macht ihr überhaupt nichts aus«, sagte sie und zwinkerte Belle zu. Sie sah umwerfend aus. Ihre Haut war glatt und ebenmäßig und ihr Make-up perfekt. Das glänzende schwarze Haar hing ihr lose auf die Schultern und auf den ersten Blick hätte man sie eher für Esmes Schwester als für ihre Mutter halten können.

»Esme liebt es, jeden aufzubrezeln, der nicht bei drei auf den Bäumen ist.« Sie ergriff Belles Hand mit beiden Händen und drückte sie sachte. »Herzlich willkommen, Belle. Wir freuen uns, dass du hier bist. Patrick kann gar nicht aufhören, von dir zu reden.«

»Nina!« Patrick wirkte aufrichtig entsetzt. »Das klingt, als wäre ich der totale Stalker.«

Esme lachte. »Komm mit, Belle. Brezeln wir dich auf. Wir müssen uns beeilen. Die Party fängt in weniger als zwei Stunden an!«

Sie führte Belle nach oben in ein Zimmer, das tatsächlich noch weitläufiger und luxuriöser war als die Gästesuite. Der begehbare Kleiderschrank war größer als das Schlafzimmer von Belles Eltern und trotzdem bis zum Bersten mit Klamotten, Schuhen und Accessoires gefüllt. Esme machte sich sofort an die Arbeit. Sie zog ein glamouröses Outfit nach dem anderen hervor. An manchen hing sogar noch das Preisschild.

»Ich liebe es, andere zu stylen«, sagte sie. Ihre Stimme klang gedämpft, weil sie halb in einem Regal, das vor Schuhen förmlich überquoll, steckte. »Meinem Dad gehört ein Einkaufszentrum in Hongkong, deswegen kriege ich alle möglichen Designerstücke zum Sonderpreis.« Sie kam mit einem Paar himmelhoher Jimmy Choos zum Vorschein. »Auf die hab ich siebzig Prozent Rabatt gekriegt, ist das zu fassen?«, rief sie.

Belle grinste. »Das Schnäppchen des Jahrhunderts«, pflichtete sie ihr bei. Sie merkte, dass sie anfing, Patricks Stiefschwester zu mögen. Obwohl die Familie wohlhabender und privilegierter war, als Belle es sich auch nur erträumen konnte, freute sich Esme immer noch über Schnäppchen, und das gefiel ihr irgendwie.

Eine Stunde später war Belle mit einem roten Jumpsuit aus Seide und breiten Silberarmbändern ausgestattet. Esme hatte ihr die Haare gemacht und sie geschminkt, was deutlich länger gedauert hatte, als Belle bisher selbst vor wichtigen Anlässen dafür aufgewendet hatte. Doch als sie einen Blick in den Spiegel warf, musste sie gestehen, dass es sich gelohnt hatte. Der dezente silberne Lidschatten und mehrere Schichten Mascara ließen ihre blauen Augen riesig erscheinen. Ein Hauch von zartrosa Rouge betonte ihre Wangenknochen, und Esme hatte beschlossen, dass ein wenig Lipgloss reichte, um ihre von Natur aus vollen Lippen in Szene zu setzen.

»Du siehst fantastisch aus!«, verkündete Esme und trat einen Schritt zurück, um ihr Werk zu bewundern. »Oh! Wir haben noch keine Schuhe für dich ausgesucht.«

Zum Glück hatten sie die gleiche Größe. Als Erstes brachte ihr Esme ein Paar wunderschöner High Heels, die silbern schimmerten. »Louboutins«, sagte sie. »Die passen toll zu deinem Outfit.«

Belle schlüpfte in die Schuhe. Sie saßen wie angegossen, aber als sie aufstand und versuchte, darin zu laufen, fiel sie beinahe um.

Esme lachte und strich sich eine Strähne ihres glänzenden schwarzen Haars aus dem Gesicht. »Okay, vielleicht nicht ganz dein Style, hm? Lass uns was anderes versuchen …« Sie rannte zum Schrank und kam wenig später mit einem zauberhaften Paar flacher Sandalen aus weißem Lackleder zurück.

»Was nützen dir die tollsten Schuhe, wenn du darin nicht tanzen kannst?«, meinte sie und zwinkerte Belle zu.

»Die sind perfekt«, sagte Belle erleichtert, als sie sie anprobierte.

Esmes Handy vibrierte und sie warf einen Blick darauf. »Patrick fragt, wie lange ich dich hier oben noch gefangen halten will«, sagte sie. »Ich schreib ihm, dass du unterwegs bist. Na los, ab mit dir! Ich muss mich auch noch umziehen.«

Belle war überrascht. Esmes Outfit war jetzt schon schicker als alles, was sie besaß. Doch sie nickte bloß, betrachtete sich ein letztes Mal im Spiegel und machte sich auf den Weg zur Tür. »Danke!«, sagte sie zu Esme. »Du bist die Beste.«

»Ich weiß.« Esme grinste. »Bis später.«

Patrick wartete am Fuß der Treppe. Er trug eine weiße Leinenhose und ein Poloshirt und sah umwerfend aus. Als er Belle erblickte, pfiff er anerkennend. »Wow!«, entfuhr es ihm. »Du siehst aus wie ein Filmstar!«

Und so fühlte Belle sich auch, als sie die geschwungene Treppe hinabschritt. Und mehr noch, als Patrick sie auf die Terrasse oberhalb des Pools hinausführte. Eine Band spielte Jazz und die ersten Gäste waren bereits eingetroffen. Grüppchen gut angezogener Erwachsener standen plaudernd zusammen und nahmen sich Drinks von den Tabletts, die die schwarz-weiß gekleideten Kellner an ihnen vorbeitrugen. Ein paar Kinder und Jugendliche hatten die Schuhe abgestreift und spielten Badminton, während andere es sich neben dem Pool gemütlich gemacht hatten. Die betörenden Aromen des Barbecues lagen in der Luft und mehr als ein Dutzend Menschen in schwarz-weißen Uniformen waren damit beschäftigt, riesige Platten voller Essen aufzubauen.

»Wow, ihr habt ja echt viele Bedienstete«, platzte Belle heraus, bevor ihr in den Sinn kam, dass das vielleicht unhöflich klingen konnte.

Patrick folgte ihrem Blick zu den Leuten in Schwarz-Weiß und lachte. »Die sind vom Catering«, erklärte er. »Sie sind nur heute für das Essen zuständig. Tatsächlich haben wir bloß drei Vollzeit-Angestellte, wenn man die Landschaftspfleger nicht mitzählt.«

»Bloß drei also?«, zog Belle ihn auf.

Patrick grinste. »Hey, komm mir nicht so«, sagte er. »Es ist ja nicht so, als würden du und deine Familie eure gigantische Ranch ganz allein bewirtschaften.«

Belle musste zugeben, dass er recht hatte. Auch wenn es sich anfühlte, als würden Della, Jorge und Jodie zur Familie gehören, waren sie genau genommen Vollzeit-Angestellte der Golden Horse Ranch.

»Okay, touché«, gestand sie. Sie ließ den Blick über die Partygesellschaft und die weitläufige, saftig grüne Rasenfläche dahinter schweifen. »Ihr solltet das einzäunen, dann könntet ihr Darcy hier halten. Ich wette, sie würde das viele Gras lieben.«

Patrick schmunzelte. »Ich wünschte, wir hätten noch Zeit, sie im Stall zu besuchen«, sagte er. »Aber vielleicht gehen wir nächstes Mal dort reiten.«

Belle lächelte. Der Gedanke an ein *nächstes Mal* gefiel ihr.

»Patrick!«, rief eine unbekannte Stimme. »Ich bin da! Die Party kann losgehen.«

Belle drehte sich um und stellte fest, dass die Stimme einem Schwarzen Mädchen in ihrem Alter gehörte. Sie trug ein stylisches zitronengelbes Kleid und grinste breit. Hinter ihr folgten ein Junge und ein weiteres Mädchen etwa im gleichen Alter.

»Yo!« Patrick begrüßte sie freudig. »Hey, Leute, das ist Belle Beaumont. Belle, das sind Colette und Max, und die mit der lauten Stimme ist Kimberley.«

Kimberley packte Belle am Arm. »Das ist eine Party! Was

steht ihr hier rum und versteckt euch im Türrahmen?«, rief sie. »Zum Glück bin ich ja jetzt da. Patrick ist ein Goldschatz, aber seine sozialen Fähigkeiten liegen echt bei null.« Sie grinste und warf Patrick einen verschmitzten Blick zu. »Er glaubt, blond und gut aussehend zu sein, reicht aus, und gibt sich nicht die geringste Mühe.«

Patrick und die anderen lachten schallend. Belle schmunzelte ebenfalls. Insgeheim war sie anderer Meinung, auch wenn sie wusste, dass Kimberley bloß scherzte. Der Patrick, den sie kennengelernt hatte, gab sich überaus Mühe, damit sie sich wohlfühlte.

Kimberley zog Belle mit sich, um sie den anderen auf der Party vorzustellen. Belle hatte mit Partys eigentlich nicht viel am Hut, aber sie hatte überraschend viel Spaß. Patricks Freunde waren supernett, auch wenn ein paar ihrer Geschichten auf Insiderwitze hinausliefen, die sich um Skiurlaube in Aspen, Poloturniere in Buenos Aires oder Shoppingtrips nach London und Paris drehten. Es war offensichtlich, dass sie einander schon ewig kannten und ihre Familien ebenso wohlhabend waren wie die von Patrick.

Doch jedes Mal, wenn Belle anfing, sich ein wenig fehl am Platz zu fühlen, schien Kimberley das sofort zu spüren und wechselte das Thema, schleifte sie zum Büfett rüber oder machte etwas anderes, um Belle wieder aufzumuntern. Hinter ihrem reifen, erwachsenen Auftreten steckte eine warmherzige und fröhliche Persönlichkeit, die Belle im Laufe des Abends immer sympathischer wurde, vor allem, als die Jazztruppe die Instrumente einpackte und einem DJ Platz machte. Eine altbekannte Popnummer schallte aus den Boxen und Kimberley stieß einen spitzen Freudenschrei aus. Sie zog Belle auf die Tanzfläche, die aus einer auf Hochglanz polierten Holzfläche bestand, die in der Mitte des Rasens aufgebaut worden war.

»Das ist ein Klassiker!«, verkündete Kimberley und warf die Hände in die Luft. »BACKSTREET'S BACK, ALRIGHT!«, sang sie laut und überaus schief.

Ihre Begeisterung war ansteckend, und Belle ertappte sich dabei, wie sie fleißig mitwippte. Colette und Max gesellten sich zu ihnen, doch Patrick hielt sich zurück. Er drückte sich neben einem der Blumenbeete herum, bis Belle zu ihm lief, seine Hand nahm und ihn auf die Tanzfläche zerrte. Der Song ging in einen Hit von *One Direction* über, den Belle auswendig konnte. Kimberley und sie sangen aus vollem Hals mit, bis Patrick sich die Ohren zuhielt und um Gnade flehte.

Ehe Belle sich's versah, war die Sonne untergegangen und die Sterne sprenkelten den weiten Nachthimmel über ihnen, auch wenn sie wegen der hellen Beleuchtung nur schwer auszumachen waren. Die Menge war weiter angewachsen und Belle fragte sich, woher Patricks Familie so viele Leute kannte. Pausenlos liefen Kellner mit Tabletts voller Cocktails und alkoholfreien Getränken für die Kinder und Jugendlichen umher.

Gerade als Belle fürchtete, ihre Beine würden jeden Moment schlappmachen, beendete der DJ sein Set und eine Truppe Feuerschlucker erschien. Die Gäste versammelten sich, um dem akrobatischen Schauspiel zuzusehen, während die flackernden Flammen mächtige Schatten über die Bäume tanzen ließen. Belle spürte, wie jemand ihre Hand nahm. Es war Patrick.

Jetzt erst wurde ihr bewusst, dass sie ihn schon eine ganze Weile nicht mehr gesehen hatte. Sie lächelte verschmitzt zu ihm hoch. »Da bist du ja! Ich dachte schon, du hättest mich vergessen«, scherzte sie.

Er erwiderte ihr Lächeln, wurde dann jedoch ernst. »Niemals«, antwortete er und zog sie von der Menge weg in eine ruhigere Ecke des Gartens. Er ließ ihre Hand los und strich ihr eine Haarsträhne hinters Ohr. »Ich bin wirklich froh, dass du hier bist.«

Der Feuerschein von der Akrobatentruppe ließ seine Wangenknochen deutlicher hervortreten, wodurch er noch besser aussah als ohnehin schon. »Ich bin auch froh, dass ich hier bin«, erwiderte sie ein wenig atemlos.

Ich klinge wie ein Papagei!, ärgerte sie sich über sich selbst. Sie versuchte, sich etwas Cooles, Schlagfertiges einfallen zu lassen, doch vergebens.

Aus einem Impuls heraus stellte sie sich auf die Zehenspitzen und küsste Patrick auf die Wange. »Danke für die Einladung«, flüsterte sie.

Patrick wirkte überrascht. Dann grinste er. »Oh, wow, daran hab ich schon den ganzen Abend gedacht«, gestand er. »Aber ich war mir nicht sicher, wie du reagieren würdest, wenn ich es versuche. Nicht, dass du mich noch wegstößt, als wäre ich ein aufdringliches Pferd!«

Belle lachte. »Du bist so ein Gentleman. Wer hätte das gedacht?«

Er hob die Augenbrauen. »Was, wusstest du das etwa nicht?«

»Nicht wirklich.« Belle behielt einen lockeren Tonfall bei, aber gleichzeitig ging ihr durch den Kopf, wie sehr sie sich in ihm getäuscht hatte. Wie hatte sie glauben können, dass er auch nur im Geringsten wie Dean Willetts war? »Ich meine, bei Wettbewerben kommst du manchmal ein klitzekleines bisschen arrogant rüber.«

Sofort befürchtete sie, etwas Falsches gesagt zu haben. Was, wenn er sich dadurch gekränkt fühlte? Sie wollte auf keinen Fall diesen magischen Abend verderben.

Doch Patrick grinste bloß. Er wirkte beinahe erfreut. »Arrogant, *moi*?«, entgegnete er mit gespielter Entrüstung. »Liegt das eventuell an meinen unglaublichen Reitfähigkeiten?«

»Nein«, sagte Belle lachend. »Es liegt daran, dass du *weißt*, dass du diese unglaublichen Reitfähigkeiten besitzt. Aber darf ich dich daran erinnern, wer die Nachwuchsmeisterschaften im Vielseitigkeitsreiten gewonnen hat?«

Patrick lachte und zog sie an sich. »Darfst du.« Seine blauen Augen funkelten im flackernden Licht des Feuers. »Solange ich das hier tun darf …«

Er beugte sich zu ihr runter und küsste sie. Belle erwiderte seinen Kuss. Das Partygeschehen um sie herum verschmolz mit der Dunkelheit der Nacht und zurück blieb ein perfekter, leuchtender Augenblick.

20

»Und?«, fragte Belles Mutter. Sie hatte vor dem Busbahnhof geparkt, wobei der alte Truck, auf dessen Ladefläche sich Futtersäcke häuften, zwei ganze Parklücken einnahm. »Wie war's?«

Belle stieg auf den Beifahrersitz. »Der Hammer«, verkündete sie.

Während ihre Mutter den Gang einlegte, erzählte Belle ihr von der Party, Patricks Haus, seiner Familie und seinen Freunden und wie viel Spaß sie gehabt hatte.

»Patrick hat mich eingeladen, bald wiederzukommen. Er möchte mir seinen Reitstall zeigen und zusammen ausreiten«, schloss sie. Sie lächelte, als ihr die Nachrichten wieder in den Sinn kamen, die er ihr während der langen Busfahrt geschickt hatte. »Der Besitzer hat ein Pferd, das ich für den

Ausritt nehmen kann.« *Ein Appaloosa namens Spot*, hatte Patrick ihr geschrieben und ein Augen verdrehendes Emoji dahintergesetzt. *Ich weiß, total origineller Name, was?*

»Klingt toll.« Kate schwieg kurz, während sie auf die Landstraße zurück zur Ranch bog. Dann warf sie Belle einen kurzen Blick zu. »Du magst diesen Jungen wirklich, oder?«

»Ja schon.« Auf einmal fühlte sich Belle seltsam verzagt. »Ich glaube, er mag mich auch. Er, äh, hat mich irgendwie geküsst.«

»Irgendwie?« Ihre Mutter zog amüsiert eine Augenbraue hoch.

Belle lachte verlegen. »Okay, er hat mich definitiv geküsst«, räumte sie ein. »Es war ... schön.« Ihr lief ein winziger Schauer über den Rücken. »Schön« war die Untertreibung des Jahrhunderts. In Gedanken hatte sie mindestens die halbe Busfahrt diesem Kuss nachgehangen. Und den Rest der Zeit hatte sie sich gefragt, wann sie ihn wohl das nächste Mal würde küssen können.

Doch nun, da sie der Ranch, und damit dem wahren Leben, wieder näher und näher kamen, fiel Belle ein, dass es noch etwas anderes gab, das sie ihrer Mutter erzählen musste. Etwas, das noch wichtiger war. Während des magischen Abends war es einfach gewesen, es zu verdrängen, aber Belle wusste, dass sie ihrer Mom den Besuch bei Dr. Fisher beichten musste. Sie hoffte inständig, ihre Mutter würde ihr zustimmen, dass das geplante Treffen für Olivias Entwicklung hilfreich war.

Sie holte tief Luft. »Da ist noch was«, sagte sie, bevor sie der Mut verlassen konnte. »Als ich in San Luis Obispo war, hab ich mich mit Olivias Dad getroffen.«

Vor Schreck verriss ihre Mutter fast das Steuer. Der Truck schlingerte leicht. »Du hast *was*?«

»Das war der eigentliche Grund, warum ich hingefahren bin.« Belle berichtete ihrer Mutter, wie sie die Praxis aufgesucht hatte und dass Dr. Fisher plante, am folgenden Samstag zu Olivias letzter Therapiesitzung zu kommen.

»Oh, Belle!« Ihre Mutter klang völlig überrumpelt. »So was kannst du doch nicht einfach machen! Dr. Fisher muss mich für die reinste Amateurin halten, die ihm ihre minderjährige Tochter vorbeigeschickt hat!«

Belle fühlte, dass sie knallrot anlief. »Ich wollte nur, dass er sieht, wie toll sich Olivia schlägt.«

»Okay, aber dann sag *mir* das!«, rief ihre Mutter. »Dann kann ich einen Besuchstermin mit ihm vereinbaren. Sofern ich es überhaupt für sinnvoll halte. Ich weiß, du hast es nur gut gemeint, aber diesmal bist du wirklich zu weit gegangen.«

Belle grub die Fingernägel in ihre Handfläche. Mit dieser Reaktion hatte sie nicht gerechnet. »Ich dachte, es würde helfen«, sagte sie leise.

Dr. Kate schüttelte den Kopf und atmete tief durch. Wahrscheinlich zählte sie insgeheim bis zehn, um nicht die Beherrschung zu verlieren. *O Mann*, dachte Belle. *Vielleicht war das wirklich keine gute Idee.* Sie wollte den professionellen Ruf ihrer Mutter auf keinen Fall in Gefahr bringen.

Dr. Kate trommelte eine Weile mit den Fingern aufs Lenkrad, bevor sie weitersprach. »Okay, Liebes. Ich weiß, du willst Olivia helfen, aber die Entscheidungen musst du mir überlassen. Sie ist meine Patientin und ihr Vater hat sie mir für eine sehr wichtige therapeutische Behandlung anvertraut. Ich finde es schön, wenn du mir mit den Pferden hilfst, aber dabei muss es bleiben. Du bist erst fünfzehn! Du musst mir vertrauen, dass ich das Richtige tue.«

»Natürlich vertraue ich dir!«, platzte es aus Belle heraus. »Aber ich habe mit Olivia geredet, und sie hat mir Sachen über ihre Familie erzählt, über die sie mit dir, glaube ich, nicht gesprochen hat. Sie meinte, sie will bei ihrer Tante wohnen und ihren Dad nie wiedersehen, weil er zum Zeitpunkt der Explosion nicht zu Hause war. Das kann doch nicht gesund sein, oder?«

Kate fuhr sich mit einer Hand durchs rote Haar, während sie mit der anderen das Lenkrad umklammerte. »Ich wusste nicht, dass Olivia das für sich beschlossen hat«, räumte sie ein. »Du hast recht, sie kann ihren Dad nicht aus ihrem Leben verbannen, solange sie sich noch im Trauerprozess befindet. Vermutlich hätte ich von selbst darauf kommen müssen, ihn zu einer Sitzung hinzuzuziehen.« Sie schielte zu Belle hinüber. »Unterm Strich hattest du also den richtigen Riecher. Aber du bist es komplett falsch angegangen!«

Belle schwieg. Ihr war beinahe schwindlig vor Erleichterung, dass ihre Mutter verstand, warum sie Dr. Fisher aufgesucht hatte.

»Ich sollte Olivias Dad besser anrufen und ihn wissen lassen, dass ich seinen Besuch gutheiße«, fuhr Dr. Kate fort. »Aber Himmel, Belle. Manchmal kostest du mich echt den letzten Nerv!«

Belle sah aus dem Fenster und beobachtete die vertraute Graslandschaft, die an ihnen vorbeizog. Sie wusste, dass sie ihre Grenzen überschritten hatte, als sie auf eigene Faust zu Dr. Fisher gefahren war. Aber sie fand trotzdem, dass es richtig war, dass Olivias Dad auf die Ranch kam. Das Problem war nur, wie vehement Olivia darauf bestanden hatte, nichts mehr mit ihrem Vater zu tun haben zu wollen. Wie würde ihre Mutter das in einer ihrer Therapiesitzungen angehen?

Schließlich konnte sie sich nicht länger zurückhalten. »Glaubst du, Olivia und ihr Dad könnten die Übung mit dem Slide Rope versuchen?«, schlug sie vor. »Dadurch müssten sie zusammenarbeiten, aber Bounty wäre wie so eine Art Abstandshalter zwischen ihnen.«

»Interessanter Gedanke«, antwortete ihre Mutter. »Einen Versuch wäre es wert, vorausgesetzt, Dr. Fisher ist bereit dazu.« Sie warf Belle einen weiteren Blick zu. »Du wirst langsam ein bisschen zu gut in meinem Job. Da muss ich mich wohl bald warm anziehen!«

»Keine Sorge, Mom«, erwiderte Belle. »Du bist und bleibst die Beste.«

Auf einmal hatte sie einen Kloß im Hals. Ihre Mutter war wirklich toll, und das nicht nur, wenn es ums therapeutische Reiten ging. Was würde Belle tun, wenn ihr etwas Schlimmes zustieß, so wie Olivias Mutter und Brüdern? Was, wenn sie in die einstürzende Scheune gegangen und nicht mehr rausgekommen wäre?

Ihr war nicht bewusst, dass sie angefangen hatte zu weinen, bis ihre Mutter sich bestürzt zu ihr umdrehte. »Belle, Liebes!«, rief sie. »Was ist los?«

»N...nichts«, nuschelte Belle, doch die Tränen begannen jetzt erst richtig zu strömen. Sie schluchzte so heftig, dass ihr ganzer Körper bebte, während die Erinnerungen an den Scheuneneinsturz so intensiv und beängstigend wie nie auf sie einprasselten.

Kate warf einen Blick in den Seitenspiegel und lenkte den Truck an den Straßenrand. Sie zog die Handbremse, löste ihren Sicherheitsgurt und ergriff Belles Hände.

»Sag mir, was los ist, mein Schatz«, drängte sie. »Hat Patrick dir was angetan? Etwas, das du nicht wolltest?«

»Was? Nein!«, rief Belle. »Das hat nichts mit ihm zu tun.

Es ist wegen der Nacht bei den Cortez ...« Unter Schniefen und Schluchzen brach die ganze Wahrheit aus ihr heraus: dass Elodie und sie Zephyr gerettet hatten, dabei aber beinahe selbst unter der einstürzenden Scheune begraben worden wären. »Ich hatte solche Angst. Die Geräusche waren so schlimm und wir wussten nicht, ob wir es schaffen, Zephyr durch die kaputte Tür zu kriegen. Wir hätten sterben können«, krächzte sie. »Und das wäre meine Schuld gewesen!«

Ihre Mutter zog sie an sich. »Ihr Armen«, raunte sie in Belles Haar. »Ihr armen, armen Mäuse. Ihr müsst schreckliche Angst gehabt haben! Ich wünschte, ihr hättet es mir früher erzählt.«

»Ich auch.« Belle schmiegte sich an sie. »Es tut mir leid.«

»Ist schon gut. Besser spät als nie.« Ihre Mutter löste sich aus der Umarmung und strich Belle übers Haar. »Wir reden so bald wie möglich mit Elodie darüber. Ihr habt euch in wirklich große Gefahr begeben und das war ein Fehler. Aber ihr könnt daraus lernen. Mit der Zeit wird sich eure Angst in Stärke verwandeln, das verspreche ich euch.«

»Okay«, antwortete Belle kleinlaut. »M...meinst du, du könntest Elodie und Zephyr zusammen auf den Reitplatz holen? Sie macht sich fürchterliche Sorgen um ihn, weil er seit seiner Ankunft noch nicht zur Ruhe gekommen ist.«

Dr. Kate musterte sie aufmerksam. »Geht es dir dabei um Zephyr oder um Elodie?«

Belle wurde ganz warm ums Herz. Ihrer Mutter entging einfach nichts. »Vor allem um Elodie. Sie scheint zu glauben, dass er sie dafür verantwortlich macht, was in der Scheune passiert ist.«

»Die arme El«, sagte ihre Mom. »Ich kann verstehen, warum sie das glaubt. Zephyr zeigt gerade keinerlei Dankbarkeit, aber das liegt nicht an Elodie und auch nicht an ihm. Er hat sein eigenes Trauma erlitten, das er erst mal verarbeiten muss. Aber eine Sitzung auf dem Reitplatz könnte ihnen beiden helfen. Vielleicht kann Elodie so eine Verbindung zu Zeph aufbauen und ihm das Gefühl geben, in Sicherheit zu sein. Und gleichzeitig wird sie merken, dass sie nicht die Ursache für seine Ängste ist.«

»Sie war unglaublich, als sie bei ihm in der Scheune war«, gestand Belle. »Ich hätte ihn nicht annähernd so ruhig halten können wie sie, als sie ihm das Halfter angelegt hat.«

»Na, dann schauen wir mal, ob wir einen Teil dieser besonderen Verbindung zurückholen können«, antwortete Kate. »Wenn sie schon mal bestanden hat, sollte es den beiden möglich sein, sie wiederzufinden. Tief in seinem Inneren weiß Zephyr, dass ihr ihn gerettet habt.« Sie drückte Belle einen Kuss auf den Scheitel und rutschte zurück auf den Fahrersitz. »Aber behaltet so etwas in Zukunft nicht mehr für euch, okay?« Kate ließ den Motor an. »Ich bin auf eurer Seite, egal was ist. Immer.«

»Das weiß ich, Mom«, flüsterte Belle und lehnte sich zurück. Sie fühlte sich besser, so gut wie seit Tagen nicht mehr.

Ich hätte wissen müssen, dass es nichts bringt, Geheimnisse vor meiner Familie zu haben, dachte sie. *Ich hoffe nur, Olivia erkennt das auch, wenn es um ihren Dad geht. Er ist schließlich die einzige Familie, die sie noch hat …*

21

Als sie die lange Auffahrt entlangrollten, erspähte Belle zu ihrer Überraschung Jodie, die Bounty in Begleitung von Olivia auf die Koppel führte. Ihre Mutter wirkte ebenso überrascht.

»Ich frage mich, was da los ist«, murmelte Kate, hielt den Wagen an und stieg aus.

Belle folgte ihr. »Oh, hi«, sagte Jodie, als Kate zu dem Trio aufschloss. »Olivia hat entdeckt, dass Bounty getrockneten Schlamm im Schweif hatte, und hat mich gefragt, ob wir ihn zusammen rauswaschen können.«

»Sehen Sie?« Olivia zeigte stolz auf den noch feuchten Schweif des Wallachs. »Jetzt ist er schön sauber! Jodie hat mir gezeigt, wie man das macht. Wir bringen ihn gerade zurück zu seinen Freunden auf die Weide.«

»Gut gemacht.« Dr. Kate klopfte Bounty anerkennend auf den Hals. »Dann lasst euch nicht aufhalten.« Sie fing Belles Blick auf und zwinkerte ihr zu. Wie es schien, machte Olivia aus eigener Kraft riesige Fortschritte.

Während Bounty und seine Begleiterinnen davonzogen, sah Belle zu den Offenboxen hinüber und entdeckte Elodie auf ihrer gewohnten Position vor Zephyrs Box. »Sollen wir jetzt gleich mit El reden?«, fragte sie ihre Mutter. »Ich will nicht, dass sie auch nur eine Sekunde länger mit unserem Geheimnis leben muss. Ich weiß, was für ein mieses Gefühl das ist.«

Ihre Mutter legte ihr eine Hand auf die Schulter. »Gehen wir.«

Elodie lehnte am Gatter und beobachtete Zephyr, der etwas Heu auf dem Boden beschnupperte. »Gerade hätte er sich beinahe streicheln lassen«, berichtete sie, als Belle und ihre Mutter dazustießen. »Er hat im letzten Moment gekniffen, aber er schien nicht mehr so viel Angst zu haben. Ich glaube echt, es geht ihm langsam besser!« In ihrer Stimme schwang ein Anflug von Verzweiflung mit und auf einmal quoll Belles Herz vor Liebe für ihre kleine Schwester fast über. Elodie plagte sich genauso sehr wie sie mit Schuldgefühlen, weil sie sich in solche Gefahr gebracht hatten, um Zephyr zu retten, und fürchtete ebenso sehr, dass sie sein Trauma noch verschlimmert hatten. Belle wusste jetzt, dass sie Elodie niemals hätte bitten dürfen, das alles vor ihren Eltern geheim zu halten. *Das mache ich nie wieder*, nahm sie sich vor.

»Du leistest tolle Arbeit mit ihm«, sagte Kate. »Und apropos Angst. Deine Schwester hat mir vorhin anvertraut, was in der Sturmnacht wirklich passiert ist.«

»Oh.« Elodies Blick huschte zu Belle. Dann wurden ihre grünen Augen ganz groß. »Oh! Ähm, wie lange haben wir jetzt Hausarrest?«

Ihre Mutter lächelte. »Gar nicht«, antwortete sie. »Ich bin nicht sauer, nur enttäuscht, dass ihr das Gefühl hattet, nicht ehrlich mit eurem Dad und mir darüber reden zu können. Und traurig, dass ihr so etwas Schlimmes durchmachen musstet. Ich selbst hatte in dem Sturm schon eine fürchterliche Angst, ich kann mir gar nicht vorstellen, wie es gewesen sein muss, bis unmittelbar vor dem Einsturz in der Scheune zu sein.« Sie holte tief Luft. »Aber wie ihr wisst, leben wir hier auf der Golden Horse Ranch in der Gegenwart und planen für die Zukunft, statt uns allzu lang mit der Vergangenheit aufzuhalten.« Sie schenkte ihren Töchtern ein strahlendes Lächeln, auch wenn Belle ihr anmerkte, dass es sie Mühe kostete. Sie glaubte, in ihren Augenwinkeln Tränen ausmachen zu können. »Hauptsache, euch ist nichts passiert. Das ist alles, was zählt.«

»Es war so schlimm, Mom.« Elodie streckte die Arme nach

ihrer Mutter aus, die sie an sich zog und festhielt. Belle schmiegte sich von hinten an ihre Mom und machte eine Gruppenumarmung daraus.

Dann fühlte sie, wie sich das Gleichgewicht ihrer Mutter nach hinten verlagerte. Elodie drehte sich nach der Box in ihrem Rücken um und schnappte nach Luft.

»Zephyr!«, rief sie leise. »Er hat mich durchs Gitter angestupst!«

Der kleine braune Wallach stand mit wachsam aufgerichteten Ohren am Rand der Box. Seine Miene war freundlicher und weniger argwöhnisch als sonst. Als Elodie behutsam die Hand nach ihm ausstreckte, wuchs seine Anspannung, doch er wich nicht zurück. Er ließ zu, dass sie ihm übers Gesicht streichelte und seine zerzauste Mähne glättete, bevor es ihm reichte und er wieder auf Abstand ging.

»Wow!«, hauchte Elodie. Sie strahlte vor Glück. »Das war das erste Mal, dass ich ihn anfassen durfte!«

Belle betrachtete den kleinen Wallach und dachte an den Moment in der Scheune zurück. Er hatte Elodie vertraut, als sie ihm das Halfter angelegt hatte. Er wusste, dass sie ihm helfen wollte, so schlimm das, was er erlebt hatte, auch war. Zum ersten Mal wurde Belles Erinnerung dabei nicht von Furcht und Schuldgefühlen überlagert. Der Gedanke an das, was sie in jener Nacht durchgemacht hatten, war immer noch beängstigend, aber wie ihre Mutter gesagt hatte: Ihnen war nichts passiert. Und mit der Zeit würde sich auch Zephyr davon erholen.

»Du hast eine echte Verbindung zu ihm hergestellt, Mäuschen.« Kate klopfte Elodie auf den Rücken. »Gut gemacht. Du warst geduldig und hast ihm erlaubt, auf seine Weise Vertrauen zu dir aufzubauen.«

Belle nickte. »Wahrscheinlich hilft es, dass du nachvollziehen kannst, was ihm widerfahren ist«, sagte sie. »Ich meine, er war mit uns in der Scheune. Er weiß, wie knapp wir entkommen sind. Er muss fürchterliche Angst gehabt haben, aber du hast ihm geholfen, und daran erinnert er sich.«

Elodie schluckte. Ihre Unterlippe zitterte. »Du lieber, tapferer Kerl«, flüsterte sie dem Pferd zu. »Wir helfen uns gegenseitig, okay?«

Kate nahm sie erneut in die Arme. »Euer Erlebnis lässt sich zwar nicht so einfach vergessen, aber wir können einander darüber hinweghelfen«, versicherte sie ihren Töchtern. »Wir reden so oft und so lange wie nötig darüber, bis es sich nicht mehr so beängstigend anfühlt. Abgemacht?«

»Abgemacht«, antwortete Elodie und Belle nickte.

»Gut.« Ihre Mutter sah den kleinen braunen Wallach an und lächelte. »Zephyr wird wohl auch noch etwas Zeit brauchen, das alles zu überwinden. Ich glaube, ich spreche mal mit Anita und frage, ob wir ihn eine Weile hierbehalten können. Dann können wir mit ihm auf den Reitplatz gehen und an seiner Bindung zu dir arbeiten. Was hältst du davon?«

Elodies Miene hellte sich auf. »Das wär der Hammer!«, sagte sie. »Hast du das gehört, Zeph? Du bleibst hier!« Sie streckte die Hand durch die Gitterstäbe, und ihr Lächeln wurde noch breiter, als Zephyr sein Maul gegen ihre Handfläche drückte und sie voller Vertrauen ansah. »Mein kleines Wunderpferd«, flüsterte Elodie.

Eine Woche später erwachte Belle mit Schmetterlingen im Bauch. Der Tag, an dem Dr. Fisher sie besuchen würde, war gekommen!

Vielleicht hätten wir Olivia doch lieber vorwarnen sollen?, überlegte sie, während sie in ihre Jeans vom Vortag schlüpfte und ein frisches T-Shirt aus dem Schrank holte. *Aber Mom hielt es für besser so und sie ist die Expertin.*

Logisch betrachtet konnte sie die Argumentation ihrer Mutter durchaus nachvollziehen. Olivia war im Lauf der vergangenen zwei Wochen viel selbstbewusster geworden und hatte ein immer größeres Interesse an den Pferden gezeigt, und Dr. Kate hatte diese Fortschritte nicht behindern wollen. Trotzdem bereitete die Situation Belle Bauchschmerzen. Es hatte in letzter Zeit etwas zu viele Geheimnisse gegeben und die Vorstellung, wie Olivia auf den Besuch reagieren würde, machte sie nervös.

Während sie nach einem passenden Paar Socken suchte, vibrierte ihr Handy in ihrer Hosentasche. Eine Nachricht von Patrick. Kurz rechnete sie damit, dass er ihr schrieb, um ihr viel Glück mit Dr. Fisher zu wünschen, und war beeindruckt, dass er daran gedacht hatte.

Doch in der Nachricht stand nichts davon. Sie enthielt lediglich vier Wörter: *Guck in deine E-Mails!*

Ein wenig verwundert kam sie seiner Aufforderung nach – und ließ vor Schreck beinahe das Handy fallen, als sie eine E-Mail von Elite Equine Training Inc. in ihrem Postfach fand. Sie hatte das Future Champions Camp ganz vergessen!

Okay, sie hatte es nicht wirklich vergessen. Tatsächlich hatten Fiesta und sie die ganze Woche über fleißig trainiert, um für den Fall, dass sie auserwählt wurden, gerüstet zu sein. Doch in der Aufregung um Dr. Fishers anstehenden Besuch war ihr komplett entfallen, dass die Einladungen heute verschickt werden sollten.

Mit zitternden Fingern tippte sie aufs Display, um die E-Mail zu öffnen. Sie überflog den Text und stieß einen ohrenbetäubenden Schrei aus.

»Was ist? Belle? Was ist los?« Elodie kam in ihr Zimmer gestürmt. Ihr Haar war ungekämmt und sie trug nur einen Schuh.

Belle sprang auf, packte ihre kleine Schwester und wirbelte sie durchs Zimmer. »Ich hab's geschafft!«, jubelte sie. »Fiesta und ich fahren ins Future Champions Camp!«

Grace kam gerade rechtzeitig dazu. »Yay, Belle!«, sagte sie und lächelte. Ihr Gesicht strahlte vor Freude.

Belle griff nach ihr und zog sie dazu. Zu dritt hopsten sie durchs Zimmer. Dann fiel Belle Patrick wieder ein. Er sollte die Neuigkeiten natürlich auch erfahren! Sie schrieb ihm und bekam eine Reihe grinsender und jubelnder Emojis zurück, gefolgt von zwei Wörtern: *Ich auch!*

Belle lächelte ihr Handy an, bis Elodie sie in den Oberarm pikste. »Du solltest Mom und Dad Bescheid sagen«, meinte sie.

»Oh! Du hast recht.« Belle flitzte ins Wohnzimmer. Ihre Schwestern klebten ihr förmlich an den Fersen.

Ihre Eltern waren nicht da, aber in der Küche stand Olivia und half Della mit den Waffeln. Belle hörte gerade noch, wie sie sagte: »... und so ungefähr macht meine Mom sie ... äh, ich meine, so hat meine Mom sie immer gemacht.«

Belle blieb stehen. Einmal mehr überfiel sie eine überwältigende Traurigkeit bei dem Gedanken daran, was Olivia zugestoßen war. Dazu kam das schlechte Gewissen, weil sie den bevorstehenden Besuch ihres Vaters vor ihr geheim hielt. Doch sie gab ihr Bestes, sich nichts anmerken zu lassen, und rang sich ein Lächeln ab.

»Mmmh, das duftet wundervoll«, schwärmte sie, auch wenn sie Olivia dabei nicht in die Augen sehen konnte. Sie beschloss, ihre Neuigkeiten für sich zu behalten, bis ihre Eltern zurück waren. Jetzt gerade war es wichtiger, Olivia nicht zu stören, die einen Weg gefunden hatte, die Erinnerung an ihre Mutter wachzuhalten, indem sie mit Della Waffeln machte.

»Ich kann nicht glauben, dass das meine letzte Sitzung ist«, bemerkte Olivia, als Belle Bounty einige Stunden später auf den Reitplatz führte. »Gibt es eine Abschlussprüfung?«

Dr. Kate schmunzelte. »Nein, aber wir werden es dir auch nicht extra leicht machen, bloß weil du das Ende deines Aufenthalts hier erreicht hast«, sagte sie. Jodie und sie waren dabei, die Hindernisse in einer neuen Abfolge aufzubauen. Die Lebensreise war von Tag zu Tag länger und komplizierter geworden, und heute rückten einige der gewohnten Hindernisse an einen anderen Platz.

»Ich glaube, wir sind so gut wie fertig.« Jodie sah auf einem Zettel nach. »Halt, nee, wir müssen noch die Haltebox aufstellen.«

Dr. Kate und sie holten die orangefarbenen Verkehrshütchen, mit denen sie eine große quadratische Fläche auf dem

Boden markierten. Olivia ging unterdessen zu Bounty und streichelte ihn. »Ich hatte irgendwie gehofft, den Teil würden sie vergessen«, sagte sie zu Belle, die mit dem Wallach am Rand des Reitplatzes wartete. »Ich mag ihn nicht besonders.«

»Echt? Warum?«, erkundigte sich Belle.

Olivia zupfte etwas Heu aus Bountys Mähne. »Es ist eigentlich nicht schwer«, sagte sie. »Bounty und ich müssen bloß stehen bleiben, und dann muss ich ihn dazu bringen, einen oder zwei Schritte zurückzugehen.« Sie zuckte mit den Schultern. »Aber deine Mom meint immer, auf die Hindernisse zurückzublicken, die wir gerade überwunden haben, ist quasi eine Gelegenheit, über die Vergangenheit nachzudenken. Und ich blicke nicht gern zurück. Die Vergangenheit ist ziemlich Furcht einflößend, verstehst du?«

»Ja«, antwortete Belle sanft. »Aber du wirst von Tag zu Tag stärker. Du findest schon einen Weg, das weiß ich.« Sie fühlte sich geehrt, dass Olivia sich ihr anvertraute. Offenbar hatte sie Belle ihre Online-Schnüffelei verziehen. *Und wenn sie mir verzeihen kann*, dachte Belle, *kann sie ihrem Dad vielleicht auch verzeihen.* Sie berührte Olivia am Arm. »Alles wird gut, versprochen.«

Olivia lächelte traurig. »Kann sein.«

In dem Moment kam Kate dazu und wischte sich die Hände an ihrer kurzen Hose ab. »Jodie muss noch etwas erledigen«, sagte sie. »Belle, macht es dir was aus, für sie einzuspringen?«

»Nein, kein Problem.« Belle wusste bereits, dass sie bei Olivias letzter Sitzung assistieren sollte. Sie war bei einigen ihrer größten Durchbrüche dabei gewesen und ihre Mutter wollte das gern beibehalten.

Gerade als Olivia Bounty selbstbewusst auf das erste Hindernis, das frei stehende Gatter, zuführte, näherte sich ein Auto und hielt am Ende der Auffahrt. Dr. Fisher stieg aus.

Olivia blieb so abrupt stehen, dass Bounty noch einen Schritt weiterging. »Was macht er denn hier?«, zischte sie. Ihr Gesicht wurde aschfahl.

22

Von einer Sekunde auf die andere war sie wieder die alte, wütende Olivia. Belle zog den Kopf ein. *Aber in Wahrheit ist sie gar nicht wütend*, rief sie sich ins Gedächtnis. *Sie ist verletzt und hat Angst. Angst vor den Erinnerungen, die ihr Vater in ihr wachruft. Davor, gezwungen zu sein, auf ihre Furcht einflößende Vergangenheit zurückzublicken.*

Dr. Fisher kam auf sie zu. Er wirkte unsicher und irgendwie fehl am Platz, was seine Bundfaltenhose und Lederschuhe noch unterstrichen. »Hallo, Olivia«, sagte er. »Schön, dich zu sehen.«

Belles Mom trat vor und legte Olivia eine Hand auf die Schulter. »Ich habe deinen Dad eingeladen, damit er sehen kann, wie toll du dich schlägst«, sagte sie, wobei ihr Blick für einen winzigen Moment zu Belle hinüberhuschte.

Olivia machte ein finsteres Gesicht. »Ich will das aber nicht«, grollte sie. »Entweder er verschwindet oder ich.«

Belle rutschte das Herz in die Hose. Das war die reinste Katastrophe!

Doch Dr. Fisher duckte sich unter dem Zaun hindurch und kam näher. »Ich gehe nirgendwohin, Livy, und du auch nicht«, sagte er mit erstickter Stimme. »Ich war nicht da, als deine Mom, Austin und Mikey mich gebraucht hätten. Aber jetzt bin ich da. Für dich. Wir haben den gleichen Weg vor uns, ob wir wollen oder nicht.« Seine Gesichtszüge entglitten ihm und seine Stimme versagte. Tränen rannen ihm über die Wangen. »Es tut mir so leid, Liv. Ich würde alles – wirklich alles – dafür geben, um deine Mom und die Jungs zurückzuholen.«

Belle hielt den Atem an. Kate schwieg und drückte bloß sachte Olivias Schulter. Selbst Bounty rührte keinen Muskel, als würde er genau wie die Menschen um ihn herum spüren, wie entscheidend dieser Moment war.

Einige Sekunden war es bis auf einen Schluchzer und vereinzeltes Schniefen von Dr. Fisher vollkommen still. Dann machte Olivia einen Schritt auf ihn zu. »Nicht weinen, Daddy«, sagte sie mit tränenerstickter Stimme. »Bitte. Das macht es nur noch schwerer.«

Ihr Vater nahm einen tiefen, bebenden Atemzug, um sich einigermaßen zu sammeln. »Nichts kann das hier noch schwerer machen«, erwiderte er. »Aber wir schaffen das, mein Hase. Versprochen. Wenn ... wenn du mich eine Weile nicht sehen willst, ist das okay. Damit komme ich klar. Was immer du brauchst. Ich bin immer für dich da, das schwöre ich dir.«

Er wandte sich zum Gehen. Doch Olivia rannte auf ihn zu und griff nach seinem Arm. »Geh nicht, Daddy«, flüsterte sie. »Du hast mir gefehlt. Ich möchte, dass du bleibst. Bitte.«

Dr. Fischer zog sie an sich und hielt sie fest. Weinend lagen sie sich in den Armen, während Belle mit einem dicken Kloß im Hals danebenstand und selbst ein paar Tränen verdrücken musste. Als sie zu ihrer Mutter sah, glitzerten deren Augen ebenfalls verdächtig feucht.

Dann trat Bounty vor und schnupperte sanft an Olivias Rücken. Sie schrie überrascht auf und brach in leicht verschnupftes Gelächter aus, als sie sich umdrehte, um ihm über die Nüstern zu streichen.

»Jemand findet, ich muss zurück an die Arbeit«, erklärte sie ihrem Vater und wischte sich mit dem Ärmel die Tränen aus dem Gesicht.

Beunruhigt wich Dr. Fisher einen Schritt zurück. »Hui, das ist aber ein großes Tier!«

Olivia lächelte. »Hab keine Angst, Dad. Das ist Bounty«, erwiderte sie. »Er ist total lieb, wenn man ihn einmal kennengelernt hat.«

»Verstehe. Hallo, Bounty.« Dr. Fisher lächelte ebenfalls, blieb aber weiterhin auf Abstand. »Das freut mich für dich, Livy. Ich fänd's schön zu sehen, was du hier gelernt hast.«

Dr. Kate ergriff das Wort. »Ich weiß noch etwas Besseres«, sagte sie. »Olivia, wie wär's, wenn du deinem Dad das andere Ende des Slide Ropes gibst und ihn durch den Parcours führst?«

»Ich soll übernehmen?« Olivia machte große Augen.

»Jawohl«, bestätigte Dr. Kate. »Du weißt, was du tust. Das schaffst du auch ohne Belles Hilfe. Du hast immerhin Bounty an deiner Seite, vergiss das nicht.«

Olivia streckte den Arm aus und strich eine Strähne von Bountys Mähne glatt. »Ja, das stimmt«, sagte sie leise. Belles Herz machte einen freudigen Hüpfer. Aus dem pferdescheuen Mädchen von vor zwei Wochen war ein völlig neuer Mensch geworden. Olivia würde sich vielleicht nicht unbedingt mitten in die Herde stürzen, aber Bounty hatte eindeutig ihr Herz erobert.

»Ich glaube, es ist besser, wenn ich erst mal zuschaue, oder?« Dr. Fisher zögerte.

Olivia sah ihn an. »Nein, Dad«, beharrte sie. »Du musst keine Angst haben. Ich pass auf dich auf.«

Ihre Stimme brach und sofort war der Kloß in Belles Hals wieder da. Olivia und ihr Dad hatten noch keine Gelegenheit gehabt, aufeinander aufzupassen. Sie würden lernen müssen, als Zweierteam zurechtzukommen, und das gleich hier und jetzt.

»Okay, Liebes«, sagte Dr. Fisher. »Ich vertraue dir. Zeig mir, was ich machen soll.«

Er trat vor und ließ sich von Olivia das andere Ende des Slide Ropes geben. Sie zeigte ihm, wie er es halten musste: eine Hand dicht an Bountys Kopf, während er ihm gleichzeitig genügend Bewegungsspielraum gab.

»Bounty erkennt an deiner Körpersprache, was er tun muss«, erklärte Olivia. »Mach mir einfach alles nach.«

Sie berührte Bounty kurz an der Schulter, dann drehte sie sich nach vorne und marschierte los. Bounty schüttelte leicht den Kopf und setzte sich neben ihr in Bewegung, während Dr. Fisher auf seiner anderen Seite mitlief.

Olivia nahm den Kurs selbstbewusst in Angriff und führte dabei nicht nur Bounty, sondern auch ihren Dad. Sie zeigte ihm, wie er durch das Gatter gehen, die Fässer umrunden, über die Stangen am Boden schreiten, sich durch die Verkehrshütchen schlängeln und von Reifen zu Reifen stapfen musste, während Bounty nebenherging.

Schließlich kamen sie zur Haltebox. Olivia brachte Bounty zum Stehen und ließ ihn zwei Schritte rückwärtsgehen. »Okay, Dad. Hier halten wir einen Moment inne und blicken zurück«, sagte sie mit belegter Stimme.

Ihr Vater rückte näher an Bounty heran, behielt ihn jedoch

wachsam im Auge. Dann griff er unter dem Hals des Wallachs hindurch und nahm die Hand seiner Tochter. Belle merkte, wie sehr Olivia litt, und sehnte sich danach, ihr zu helfen. Sie sah ihre Mom an und deutete mit dem Kopf auf den Reitplatz, um zu fragen, ob sie ihn betreten durfte. Kate zog die Augenbrauen hoch, hauchte dann jedoch ein stummes Okay.

Belle duckte sich unter dem Zaun hindurch und ging zur Haltebox. »Entschuldigung«, sagte sie, auf einmal nervös. »Olivia, ich weiß, du hast gesagt, du findest diesen Teil unheimlich schwer, weil er dich an all die schlimmen Dinge erinnert, die passiert sind. Aber du kannst ihn auch auf eine andere Weise betrachten.« Sie drehte sich kurz zu ihrer Mom um, um sicherzugehen, dass sie keine Grenze überschritt, doch Kate nickte ihr bloß aufmunternd zu.

Belle holte tief Luft. »Er zeigt dir nämlich auch, wie weit du schon gekommen bist. Guck dir all die Hindernisse an, die du bewältigt hast. Buchstäblich. Du hast es mit Bounty einmal durch den kompletten Parcours geschafft, und das, obwohl du vor zwei Wochen noch nie etwas mit einem Pferd zu tun hattest! Und vielleicht erkennst du auch, welche Fortschritte du persönlich gemacht hast.«

Olivia streckte die Hand aus und streichelte Bounty über die Nüstern. »Das stimmt«, flüsterte sie. »Ich hätte nie geglaubt, dass ich das hinbekomme.«

Belle sah, dass Dr. Fisher Olivias Hand drückte. »Dein Dad weiß das auch. Er wird dir auf deiner Reise folgen, bei jedem weiteren Schritt, den du machst.«

»Nein, werde ich nicht«, meldete sich Dr. Fisher überraschend zu Wort. »Ich werde an deiner Seite gehen, Olivia. Wir meistern das gemeinsam.«

Belle lächelte. »Auf jeden Fall. Und auch das gehört zur Haltebox. Sie ist weder das Ende deiner Reise noch ein neuer Anfang. Sie ist einfach nur ein sicherer Ort, an dem du innehalten und dir überlegen kannst, wie es weitergehen soll.«

»Vorwärts«, antwortete Olivia leise. »Wir müssen vorwärtsgehen, ob wir wollen oder nicht.«

»Ja, das müssen wir«, sagte ihr Dad. Seine Stimme klang erstickt, doch er schaffte es, die Tränen zurückzuhalten. »Ich bin so stolz auf dich, Livy.«

»Ich bin auch stolz auf dich«, fügte Belle hinzu. »Ich meine, du konntest Pferde wirklich nicht ausstehen, und jetzt sieh dich nur mal an. Du bist ein echtes Naturtalent!«

»Danke.« Olivia spielte gedankenverloren mit dem Seil, dann streichelte sie Bounty über den Hals. »Mom hätte es hier gefallen, oder, Dad?«

»Und wie«, pflichtete ihr Vater ihr bei. »Sie ist geritten, als sie in deinem Alter war, wusstest du das?«

»Soll das ein Witz sein?« Olivia machte große Augen. »Ich dachte, sie hätte Angst vor Pferden, genau wie ich!«

»Nein.« Ihr Vater klopfte Bounty vorsichtig auf die Schulter. »Tatsächlich hatte sie vor, diesen Sommer mit dir und den Jungs auf Reitertour zu gehen.«

Einen Augenblick sah Olivia tieftraurig aus. Dann lächelte sie. »Dann machen wir beide das eben, okay?«, schlug sie vor. »Ich würde echt gern reiten lernen!« Sie wandte sich an Belle. »Meinst du, ich kann das?«

»Aber natürlich«, versicherte Belle.

»Absolut«, bestätigte Dr. Kate, die nun ebenfalls auf den Reitplatz kam. »Du hast das mit Bounty wirklich fantastisch gemacht! Wie wär's, wenn dein Dad und du ihn zurück auf die Weide bringt?«

»Oh, soll das heißen, wir sind fertig?« Olivia wirkte enttäuscht.

»Für jetzt ja.« Kate lächelte. »Aber das ist nicht das Ende deiner Reise, nur der Anfang eines neuen Kapitels. Von hier an könnt dein Dad und du gemeinsam weitergehen. Seite an Seite, so wie du und Bounty. Und du kannst uns jederzeit besuchen kommen. Vielleicht sogar zum Reiten!«

»Danke.« Olivia lächelte aufrichtig, wenngleich ein bisschen schüchtern. Dann blickte sie Belle an und ihr Lächeln wurde breiter. »Das fände ich schön. Dann komm mal mit, Bounty. Du warst echt toll, aber jetzt darfst du zurück zu deinen Freunden.«

Sie befestigte den Führstrick wieder am Halfter des sanftmütigen Pintos, wobei sie ihrem Vater jeden ihrer Handgriffe erklärte. Dann machten sich die beiden gemeinsam und in ein angeregtes Gespräch vertieft mit dem Wallach im Schlepptau auf den Weg.

Belle sah ihnen nach und drehte sich dann zu ihrer Mutter um. Sie lächelte, denn sie wusste, dass sie genau dasselbe dachten. Wieder einmal hatten die Pferde der Golden Horse Ranch ihre magische Wirkung entfaltet! Vor ihr lag das Future Champions Camp, Patrick wurde mehr und mehr Teil ihres Lebens und Fiesta war in Topform. Auf einmal schien die Sturmnacht in weiter Ferne zu liegen.

Belle holte tief Luft und atmete den vertrauten Duft von Pferden, Sand und Meeresluft ein. Das Leben war schön. Und eines Tages würden Olivia und ihr Dad das vielleicht auch wieder empfinden können.

Hinter dem Pseudonym *Lauren Brooke* verbirgt sich ein Autor*innenkollektiv, welches u. a. die Erfolgsreihe *Heartland* geschrieben hat. Autorin Catherine Hapka lebt mit drei Pferden und vielen anderen Tieren auf einem Bauernhof in Pennsylvania. Co-Autorin Vicky Holmes reitet schon ihr ganzes Leben lang und nimmt mit ihren beiden Pferden an Wettbewerben teil.